d

Titel der 2009 bei
Kawade Shobo Shinsa Ltd., Tokio,
erschienenen Originalausgabe: ›Suri‹

Umschlagillustration: Utagawa Hiroshige,
›Minowa, Kanasugi und Mikawashima‹,
1857 (Ausschnitt)

www.diogenes.ch
80/15/852/1
ISBN 978 3 257 06945 7

Fuminori Nakamura

Der Dieb

Roman

Aus dem Japanischen von
Thomas Eggenberg

Diogenes

1

Als ich noch klein war, hab ich es oft vermasselt. In belebten Läden oder bei Leuten zu Hause glitten mir die heimlich geschnappten Dinge gern aus den Fingern. Sie fühlten sich an wie Fremdkörper, die nicht in meine Hand passen wollten. Die Fremdkörper zitterten leicht, machten sich selbständig, und sowie ich das spürte, fielen sie auch schon zu Boden. Jede einzelne Stelle, die nicht berührt werden sollte, schien mich abzustoßen. In der Ferne war dann stets der Turm. Nur eine Silhouette, im Nebel schwebend, als wär's ein Tagtraum aus alter Zeit. Aber jetzt passieren mir solche Fehler nicht mehr. Und natürlich sehe ich auch den Turm nicht mehr.

Vor mir ging ein Mann mittleren Alters, mit schwarzem Mantel und silberfarbenem Aktenkoffer in der rechten Hand, Richtung Bahnsteig. Unter den Passanten in meiner Nähe fiel er sofort auf. Der Mantel war von Brunello Cucinelli, ebenso der Anzug.

Die wahrscheinlich maßgefertigten Berluti-Schuhe aus feinem Leder zeigten nicht den kleinsten Kratzer. Ungeniert stellte dieser Mann seinen Wohlstand zur Schau. Die silberne, am linken Handgelenk unter der Manschette hervorblitzende Uhr war eine Rolex Datejust. Nicht gewohnt, allein mit dem Shinkansen zu reisen, bereitete ihm der Kauf einer Fahrkarte sichtlich Mühe. Der Mann beugte sich vor, seine Finger krabbelten wie ein fetter, feister Käfer suchend über den Automaten. Da bemerkte ich sie in seiner linken Manteltasche.

In sicherem Abstand zu ihm fuhr ich die Rolltreppe hoch, ging gemächlich zu der Reihe, in der er wartete, und stellte mich mit einer Zeitung hinter ihn. Mein Herz begann schneller zu schlagen. Ich wusste genau, wo die Überwachungskameras installiert waren. Da ich nur eine Karte für den Bahnsteig gelöst hatte, musste es vollbracht sein, bevor er in den Zug stieg. Mit meinem Rücken die Sicht von rechts verdeckend, faltete ich die Zeitung, nahm sie in die linke Hand, senkte sie langsam, um das Geschehen abzuschirmen, und ließ Zeige- und Mittelfinger meiner rechten Hand in seine Manteltasche gleiten. Flüchtig nahm ich den Reflex von Neonlicht auf dem schimmernden Manschettenknopf seines Ärmels wahr. Ich holte langsam Luft, hielt den Atem an. Klemmte den Rand der Brieftasche zwischen die Finger, zog. Ein Schauer durchfuhr mich von den Fingerspitzen bis zur Schulter, angenehme Wärme breitete sich in meinem Körper aus. Obwohl viele Menschen um mich herumstanden, war im Wirrwarr der sich kreuzenden Blicke kein Auge auf mich gerichtet; ich schien wie Luft für sie zu sein. Die Spannung in den Fingern durfte jetzt nicht nachlassen. Ich barg die Brieftasche in der Falte der Zeitung, nahm diese in die rechte Hand und steckte sie in die Innentasche meines Mantels. Langsam atmete ich aus. Während ich spürte, wie meine Körpertemperatur weiter anstieg, beobachtete ich aus den Augenwinkeln die Umgebung. Das elektrisierende Gefühl beim Berühren des verbotenen Objekts, die Benommenheit nach dem Eindringen in die Privatsphäre einer fremden Person waren noch immer da. Kleine Schweißperlen rannen mir den Nacken hinunter. Ich holte das Handy aus der Tasche und tat beim Weggehen so, als würde ich Mails checken.

Ich ging zur Fahrkartensperre zurück, stieg die grauen Stufen zur Marunouchi-Linie hinunter. Plötzlich sah ich mit einem Auge nicht mehr klar; die vorübereilenden Passanten verschwammen, ihre Konturen schienen sich aufzulösen. Als ich zum Bahnsteig kam, tauchte am Rand meines Blickfeldes ein Mann in schwarzem Anzug auf. Eine leichte

Wölbung verriet mir, dass das Portemonnaie in der rechten Gesäßtasche seiner Hose steckte. Erscheinung und Auftreten deuteten auf jemanden hin, der sich in Host-Clubs durchaus erfolgreich um das Wohl einsamer Damen kümmerte. Verwundert blickte er auf das Handy, während seine dünnen Finger sich hektisch über die Tasten bewegten. Ich stieg mit ihm ein, achtete auf den Fluss der Menge und positionierte mich direkt hinter ihm. Die Luft in der U-Bahn war stickig. Wenn das menschliche Nervensystem große und kleine Reize zugleich wahrnimmt, vernachlässigt es die kleineren. Auf diesem Streckenabschnitt gab es zwei lange Kurven, in denen die Waggons heftig ins Schwanken gerieten. Der Büroangestellte hinter mir las eine kleingefaltete Abendzeitung, die etwas älteren Frauen auf meiner rechten Seite tratschten. Beim Lachen konnte man ihr Zahnfleisch sehen. Ich war der Einzige, der etwas anderes im Sinn hatte, als von A nach B zu fahren. Den Handrücken nach innen gerichtet, schob ich meinen Arm vor und fasste mit zwei Fingern das Portemonnaie des Gigolos. Die stehenden Fahrgäste schirmten mich rundherum ab. An einer Seite der Hosentasche hatten sich zwei lose Fäden zu einer schlangenförmigen Spirale verwickelt. Als der Waggon auf einmal schwankte, stieß ich meine Brust in den

Rücken des Mannes und zog das Portemonnaie senkrecht heraus. Mit einem Schlag wich die Anspannung von mir. Ich atmete aus und spürte die vertraute Wärme durch meinen Körper strömen. Meine Sinne waren hellwach, lauerten auf beunruhigende Signale, aber nichts geschah. In einfachen Fällen wie diesem konnte man so gut wie keine Fehler machen. An der nächsten Station stieg ich aus und mischte mich in den trägen Menschenstrom, den Kopf eingezogen wie jemand, dem die Kälte im Nacken sitzt.

Ich ging durch die Fahrkartensperre. Im Eingangsbereich des Bahnhofs standen etwa ein Dutzend Leute herum. Ich taxierte die durchschnittlich aussehenden Männer und Frauen und schätzte, dass sie insgesamt vielleicht zweihunderttausend Yen bei sich trugen. Langsam entfernte ich mich und zündete mir eine Zigarette an. Links hinter einem Strommast sah ich einen Mann mit einer weißen Daunenjacke, der ungeniert den Inhalt eines Portemonnaies überprüfte und es dann in seine rechte Jackentasche steckte. Die Ärmel waren vorne schwarz vor Schmutz und die Sneakers ausgelatscht; nur der Stoff seiner Jeans schien gut erhalten zu sein. Ich beachtete ihn nicht weiter und steuerte auf das Kaufhaus Mitsukoshi zu. In der Herrenabteilung, wo sich die Shops vieler bekannter Modemarken aneinanderreihten, stand eine Schaufensterpuppe, die wie ein anspruchsvoller Herr um die dreißig gekleidet war. Die Puppe und ich trugen das Gleiche. Mode interessierte mich nicht, aber jemand mit einer Beschäftigung wie der meinen durfte nicht auffallen. Um keinen Verdacht zu erregen, muss man sich geschmackvoll kleiden, sich in eine Lüge hüllen und diese Lüge mit der Umgebung eins werden lassen. Der einzige Unterschied zur Puppe waren die Schuhe. Für den Fall, dass ich vielleicht einmal würde fliehen müssen, trug ich Sneakers.

Die Wärme im Ladeninnern nutzte ich, um meine Finger in den Taschen zu bewegen, sie spreizend und dehnend geschmeidig zu halten. Das nasse Taschentuch, mit dem ich jeweils die Finger anfeuchtete, war immer noch kalt. Zeige- und Mittelfinger hatten fast die gleiche Länge. Ob das angeboren oder erst mit der Zeit so geworden war, weiß ich nicht. Leute, bei denen der Ringfinger länger ist als der Zeigefinger, benutzen Mittel- und Ringfinger. Einige beugen den Mittelfinger leicht nach innen und greifen mit drei Fingern zu. Wie bei allem, was sich bewegt, gibt es auch für das Herausfischen eines Portemonnaies eine ideale, harmonisch fließende Bewegung. Nicht nur der Winkel, auch die Geschwindigkeit ist entscheidend. Ishikawa liebte es, über solche Dinge zu reden. Besonders wenn er trank, plapperte er wie ein Kind drauflos. Ich hatte keine Ahnung, was er jetzt machte. Gut möglich, dass er bereits tot war.

Ich schloss mich in einer der nur schwach beleuchteten Toiletten ein, zog mir dünne Handschuhe über und inspizierte meine Beute. Bahnhofstoiletten benutzte ich vorsichtshalber nie. In der Brieftasche des Manteltägers waren sechsundneunzigtausend Yen, drei Hundertdollarnoten, eine Visa Gold-Kreditkarte, eine American Express Gold-Kreditkarte, ein Führerschein, ein Fitnessklub-Mitgliederausweis sowie die Rechnung eines japanischen Nobelrestaurants über zweiundsiebzigtausend Yen. Als es mich schon zu langweilen begann, entdeckte ich plötzlich eine Plastikkarte von undefinierbarer Farbe. Sie war nicht bedruckt. Solche Karten hatte ich schon öfter gesehen – Membercards für Bordelle. Im Portemonnaie des Gigolos befanden sich zweiundfünfzigtausend Yen, ein Führerschein, eine Mitsui Sumitomo Kreditkarte, Karten für den Tsutaya-Videoverleih und ein Comic-Café, mehrere Visitenkarten von Prostituierten, ferner diverse Quittungen sowie Pillen in fröhlichen Farben, mit Herzchen und Sternchen drauf. Ich nahm nur die Geldscheine heraus und steckte den Rest wieder zurück. Jede Brieftasche, jedes Portemonnaie offenbart Charakter und Lebensstil seines Besitzers. Ebenso wie Handys bergen sie persönliche Geheimnisse und nehmen unter all den Dingen, die ein Mensch mit sich herumträgt, eine zentrale Rolle ein. Die Kreditkarten verkaufte ich nie, das war mir zu umständlich. Ich hielt mich an die Methode, die Ishikawa mich gelehrt hatte: Wirft man ein Portemonnaie in einen Briefkasten, gelangt es von der Post zur Polizei, die es dann an die Adresse auf dem Führerschein schickt. Ich wischte die Fingerabdrücke ab und schob alles in meine Tasche. Der Gigolo würde wegen der Pillen vielleicht verhaftet werden, aber das war nicht mein Problem.

Als ich die Toilette verlassen wollte, irritierte mich etwas in der Gegend einer der verborgenen Innentaschen meines Mantels. Wie elektrisiert schloss ich mich wieder ein. Es war eine Bulgari-Brieftasche aus hartem Leder. Sie enthielt zweihunderttausend Yen, alles neue Banknoten. Neben Gold-Kreditkarten von Visa und anderen Gesellschaften fand sich auch die Visitenkarte des Vorsitzenden eines Wertpapierhauses. Die Brieftasche wie auch den Namen auf der Visitenkarte sah ich zum ersten Mal.

Schon wieder!, dachte ich. Ich konnte mich nicht erinnern, wann ich nach ihr gegriffen hatte. Von allem, was mir an dem Tag in die Hände gefallen war, war diese Brieftasche zweifellos das kostbarste Stück.

2

Mit diffusem Kopfschmerz überließ ich mich dem Schaukeln des Zuges.

Ich war auf dem Weg zum Flughafen Haneda, der Zug rappelvoll. Die Heizlüftung und Körperwärme der anderen Passagiere brachten mich zum Schwitzen. Während ich in die Landschaft hinausstarrte, bewegten sich in den Taschen meine Finger. Ärmliche Häusergruppen glitten in regelmäßigen Abständen vorüber. Ich dachte an die Bulgari-Brieftasche vom Vortag und blinzelte. Da erschien vor meinen Augen, mit dröhnendem Lärm, ein riesiger Stahlturm. Es war nur ein flüchtiger Moment, aber mein in der Menge eingezwängter Körper versteifte sich instinktiv. Der Turm war sehr hoch; es fühlte sich an, als hätte er mir beiläufig ein Zeichen gegeben.

Ich schaute mich im Wagen um und bemerkte einen Mann, der etwas im Sinn zu haben schien. Er wirkte weniger angespannt oder konzentriert als vielmehr entrückt, die Augen verengt wie in Trance.

Er begrapschte den Körper einer Frau. Männer wie er lassen sich in zwei Gruppen einteilen: die gewöhnlichen, die lediglich eine Neigung zu sexueller Perversion verspüren, und die anderen, die von ihren Perversionen verschlungen werden und, gefangen in ihrer Welt, die Grenze zwischen Wunsch und Wirklichkeit nicht mehr erkennen können. Ich vermutete, dass der Typ zur zweiten Gruppe gehörte. Die sexuell Belästigte war, wie man auf einen Blick sehen konnte, eine Mittelschülerin. Ich wand mich durch die Lücken in der Menge und näherte mich den beiden. Außer mir, ihm und dem Mädchen bemerkte niemand etwas.

Von hinten packte ich das linke Handgelenk des Mannes. Alarmiert zuckte jeder Muskel seines Körpers zusammen. Die Kraft wich aus ihm, wie nach einem Schock. Während ich sein Handgelenk umklammerte, fixierte ich mit dem Zeigefinger seine Uhr, öffnete mit dem Daumen das Armband und ließ die Uhr in meinen Ärmel gleiten. Dann fasste ich das Portemonnaie in der rechten Innentasche seines Anzugs mit zwei Fingern meiner rechten Hand. Weil die Gefahr bestand, seinen Körper zu berühren, änderte ich mein Vorhaben, ließ das Portemonnaie im Zwischenraum von Hemd und Jackett fallen und fing es mit der Linken auf. Er war Ende dreißig, sah aus wie ein Firmenangestellter, und aus dem Ring an seinem Finger schloss ich, dass er verheiratet war. Ich packte ihn erneut am Arm, diesmal mit meiner rechten Hand. Sein Gesicht war bleich geworden, das sah ich, als er im hin und her schwankenden Zug versuchte, über seine Schulter zu schauen. Die Mittelschülerin merkte, dass hinter ihr etwas geschah, und bewegte den Kopf, unschlüssig, ob sie sich umdrehen sollte oder nicht. Im Wagen herrschte Stille. Der Mann öffnete den Mund, als wollte er sich mir oder der Welt gegenüber rechtfertigen, als fühlte er, dass etwas Böswilliges ihn in schlechtem Licht erscheinen ließ. Seine Kehle bebte. Schweiß rann ihm von Stirn und Wangen, seine Augen waren weit geöffnet, aber wie ins Leere gerichtet. Würde man mich verhaften, sähe ich vielleicht auch so aus. Ich lockerte meinen Griff und bedeutete ihm mit einer stummen Geste: »Hau ab!« Der Gesichtsausdruck des Mannes veränderte sich nicht. Er hatte Mühe zu begreifen. Ich wies mit dem Kopf zur Tür. Sein Arm zitterte schwach. Er drehte sich wieder um, als hätte er gespürt, dass ich ihn nicht aus den Augen ließ. Da öffnete sich die Tür, und der Mann rannte los. Er warf sich ins Gewühl, stieß panisch die Leute zur Seite, um so schnell wie möglich wegzukommen.

Die Mittelschülerin im Zug starrte mich an. Ich drehte ihr den Rücken zu und versuchte, meinen

Missmut zu unterdrücken. Ich hatte eine Uhr und ein Portemonnaie, die mich nicht interessierten, und sowohl von dem Mann als auch von dem Mädchen musste ich mir vorwurfsvolle, fragende Blicke gefallen lassen. Wenigstens war ausgeschlossen, dass der Kerl den Vorfall melden würde.

Lustlos stieg ich beim nächsten Halt aus. Ich nahm die Rolltreppe, wo mein Blick auf einen gelangweilt wirkenden, wohlhabenden Herrn mittleren Alters fiel, verließ dennoch das Bahnhofsgebäude und lehnte mich draußen an die schmutziggraue Wand. Langsam entspannte ich mich. Die Hände in den warmen Taschen, überlegte ich mir, ein Taxi zu nehmen.

Ich spürte jemanden in meiner Nähe. Als ich zur Seite blickte, stand unmittelbar neben mir ein schmaler Typ. Zu einem schwarzen Anzug trug er schwarze Lederschuhe, beides unbekannter Marke. Tachibana!, blitzte es mir durch den Kopf. Mein Puls fing an zu rasen, aber ich versuchte mit aller Kraft, die Erregung zu unterdrücken. Das einst blonde Haar war jetzt braun gefärbt. Er verzog seine dicken Lippen und fixierte mich mit zusammengekniffenen Augen. Es hätte auch ein Lächeln sein können, aber sicher war ich mir nicht.

»Ich dachte, du hast es nur auf Reiche abgesehen?«, sagte er und wandte sich mir ganz zu.

Tachibana mochte nicht sein wirklicher Name sein, meinen hingegen kannte er wohl. Zwar hatte ich damit gerechnet, ihm eines Tages wiederzubegegnen, aber ich dachte, dass ich derjenige sein würde, der ihn aufstöbert. Alle Erinnerungen kamen wieder hoch. Ich holte tief Luft.

»Hab ich immer noch.«

Ich wollte etwas anderes entgegnen, brachte aber nur diese nichtssagende Antwort über die Lippen.

»Ach ja, großartig. Und überhaupt, glaubst du wirklich, dass Reiche Zug fahren? Du bist ein Ganove. Benimm dich auch wie einer, der den Namen verdient!«

»Ich tu mein Bestes. Du lebst also noch …«

»Hätten wir uns sonst getroffen? Na gut, ich habe dich verfolgt.«

»Seit wann?«

»Schon 'ne Weile. Seit du dem Lüstling die Sachen abgenommen hast. Es wundert mich, dass ich dir unbemerkt folgen konnte.«

Ich lief los, er nebenher. Unter einer Bahnüberführung blieb ich stehen.

»Seit wann bist du hier?«, fragte Tachibana und sah mich dabei mit merkwürdig ernster Miene an.

»Noch nicht lange. In Tokio ist's halt einfacher … dieses und jenes.«

»Aber so allein, ist das nicht anstrengend? Ich habe Zeit, lass uns zusammen was machen.«

»Nein danke, ich traue dir nicht. Weder deinem Können noch deinem Sinn für Gerechtigkeit.«

Er lachte laut heraus und machte Anstalten weiterzugehen. Sein Gelächter klang unangenehm. Obwohl er das spüren musste, hörte er nicht damit auf. Als wir aus der Unterführung herauskamen, erschienen mir die riesigen Gebäude, die Wolkenkratzer und Kaufhäuser, bedrohlich. Mich schauderte, und da erst bemerkte ich, dass ich unentwegt auf die mageren Gräser starrte, die sich durch den Beton zwängten. Tachibana blieb stehen, lehnte sich an einen Drahtzaun und zündete sich eine Zigarette an.

»Stimmt, ich kann es nicht so gut. Ich hab als Schüler in Läden geklaut, nur so zum Vergnügen, und aus Taschen stehlen war dann noch ein zusätzlicher Kick ... So wie du und Ishikawa beherrsche ich es nicht. Du ziehst es raus und lässt es zu Ishikawa wandern, der leert das Ding, und du beförderst es wieder in die Tasche zurück... Außerdem nimmt er nur zwei Drittel. So merkt das Opfer nichts, und wenn doch, kann es nichts beweisen. Euer Teamwork, wie ihr je nach Position die Rollen tauscht, euch nur mit Blicken verständigt... Ich hab zugeschaut und war total fasziniert. Aber heutzutage gibt es kaum mehr japanische Taschendiebe. Wechselst du den Job immer noch so häufig? Wie wär's, wenn du nebenbei, so wie früher, bei einer professionellen Gang anheuern würdest? Oder dich als Dealer betätigen? Ist die Langfingerei zu deiner Hauptbeschäftigung geworden?«

Der Inhalt unseres Gesprächs zwang mich dazu, näher an ihn heranzurücken.

»Früher waren es mal Fälschungen. Was lohnt sich jetzt?«

»Als es mit den Wucherkrediten nicht mehr klappte, hab ich den Nachwuchs für mich arbeiten lassen. Keiler, die Banküberweisungen erschwindelten. Jetzt sind es Aktien. Natürlich nur als Mittelsmann.«

»Aktien?«

»Ich bin ja kein Grünschnabel mehr. Die Yakuza* gibt mir Geld, und ich reiche es an gewisse Typen weiter, damit es sich schön vermehrt. Die kennen sich bestens aus, da staunst du. Kurz gesagt, es geht um Insidergeschäfte. Mittlerweile lebt alle Welt davon.«

Er schnippte die Zigarettenkippe weg.

»Ich verdiene viel mehr als du. Könnte dir Arbeit beschaffen. Du organisierst für die Obdach-

* Kriminelle Banden, die das organisierte Verbrechen kontrollieren. (Anmerkung des Übersetzers)

losen dieser Gegend billige, schäbige Wohnungen und lässt sie im Gegenzug ein paar Bankkonten eröffnen ...«

»Interessiert mich nicht.«

»Ihr seid komische Kerle, auch Ishikawa ... Was willst du denn?«

Ich schwieg.

»Nun, dieser Ishikawa ... Warum fragst du nicht, was aus ihm geworden ist?«

Tachibana schaute mich an. Mein Herz begann schneller zu pumpen.

»Weißt du etwas?«

»Nein«, antwortete er und lachte.

Das gleißende Licht der Sonne irritierte mich.

»Aber da war doch diese Geschichte. Das war echt krass. Wenn sogar eine Aktion wie diese reibungslos über die Bühne geht ... Nur glaube ich, dass damals was passiert ist. Ich geb dir einen Rat: Lass dich in Tokio besser nicht mehr blicken, besonders in dieser Gegend.«

»Warum?«

»Es scheint, als hätten sie wieder was vor.«

Unsere Augen trafen sich. Ich wusste nicht, wie ich seinen Blick erwidern sollte, und schaute zu Boden.

»Besser du verschwindest, bevor du in eine Falle läufst.«

»Und du?«

»Ich mach mir keine Sorgen. Im Gegenteil. Wenn die was planen, sprudelt es Geld. Davon lebe ich. Ich kann meine Haut sowieso nicht mehr retten, zu spät.«

Er lachte, ich lachte auch. Dann, als habe er plötzlich gemerkt, dass er zu lange und zu viel geredet hatte, hob er halbherzig die Hand und verschwand an der Kreuzung um die Ecke. In einiger Entfernung sah ich eine große, elegant gekleidete Person, aber es lockte mich nicht. Die Gebäude ringsum machten mich nervös, und ich verzog mich wieder unter die Brücke. In einer Lunchbox, die am Boden vor sich hin rottete, hatte sich trübes Wasser gesammelt. Ich weiß nicht, warum ich mir die Brühe warm vorstellte. Es ekelte mich.

3

Ich lag mit offenen Augen auf meinem Bett und konnte nicht schlafen.

Der Regen peitschte gegen die dünnen Fensterscheiben. Aus der Wohnung über mir dröhnten wummernde Bässe. Eine Weile hörte das Wummern auf, dann fing es wieder an, ohne Ende. Ich war hellwach, registrierte jedes Detail meiner Erdgeschossbude. Erbarmungslos schüttete der Himmel seinen Regen über dieser Gegend aus, als wollte er alles ertränken.

Das Wummern verstummte, nur der Regen prasselte unvermindert weiter. Auch nach längerer Zeit blieb es jetzt ruhig; wahrscheinlich war der Typ schlafen gegangen. Ich fühlte mich auf einmal wie allein zurückgelassen in dieser Welt. Ich zündete mir eine Zigarette an und merkte erst dann, dass im Aschenbecher noch eine brannte. Außer dem Stahlrohrbett, dem Schrank und dem Bügelbrett gab es nichts Bemerkenswertes in dem Zimmer. Aus einem Riss der abgewetzten Tatamimatten ragten Kunstfasern heraus wie Pfähle. Ich betrachtete meine langen Finger, dehnte und krümmte sie, wieder und wieder. Wann war mir aufgefallen, dass beide Hände fast alles gleich gut beherrschten? Ich dachte nach, konnte mich aber nicht erinnern. Möglich, dass mir diese Fähigkeit in die Wiege gelegt worden war; vielleicht hatte sie sich aber auch erst mit den Jahren entwickelt.

Der Regen hörte und hörte nicht auf, als wollte er mich daran hindern, nach draußen zu gehen. Ich dachte an die mächtigen, schweren Wolken am Himmel und an das schäbige Zimmer, in dem ich mich gerade befand. Trotzig schnappte ich mir eine Schachtel Zigaretten, zog die Schuhe an, öffnete die dünne Holztür meiner Behausung und trat nach draußen. Der Regen rann in Bächen an den verrosteten Eisenträgern des Hauses herunter, begoss die umgekippten Fahrräder am Boden, machte die kalte Luft noch kälter.

Beim schiefstehenden Verkehrsschild bog ich um die Ecke, ging eine Fabrik mit rostigen Treppen entlang und kam am Ende einer langen Häuserzeile zu einer T-Kreuzung. Dort bog ich nach links ab. Ein Auto fuhr immer schneller auf mich zu. In der Annahme, es würde mir Platz machen, provozierte ich es ein wenig, und wie erwartet wich es mit einem Schlenker aus. Jenseits der sich endlos aneinanderreihenden Strom- und Telefonmasten ragte im Regen ein gigantischer Stahlturm auf. Ich wandte meinen Blick ab, wissend, dass der Turm auch da war, wenn ich nicht hinschaute.

Als ich zum Bahnhof kam, stand ein Taxi einsam im strömenden Regen, der Fahrer stierte vor sich hin. Ich stieg die Treppe hinauf und schloss den Schirm. Ein Obdachloser, der hier vor Kälte und Regen Zuflucht gesucht und sich hingelegt hatte, äugte in meine Richtung. Es schien, als wäre er mit der Umgebung eins geworden, als wäre dieser Ort um diese Zeit das perfekte Zuhause für jemanden wie ihn. Sein Blick hatte etwas von Ishikawa. Ein Gefühl der Beklommenheit überkam mich, aber Alter und Gesichtsausdruck passten nicht. Der Obdachlose schaute auch gar nicht zu mir, sondern auf etwas hinter mir, schaute wie gebannt, während ich weiterging. Ich steckte mir eine Zigarette an, um mich abzulenken, und stieg die Treppe hinunter, die zu den Gleisen auf der anderen Seite führte.

Im 24-Stunden-Shop kaufte ich mir Zigaretten und einen Dosenkaffee. Als ich an der Kasse bezahlte, nahm der Verkäufer das Geld und sagte übertrieben laut, wie jemand, der um Hilfe schreit: »Danke schööön!« Das Geld war von dem Lüstling am Tag zuvor, doch die früheren Besitzer waren mir unbekannt. Ich sinnierte darüber, dass dieses Geld durch viele Hände gegangen war und einen kurzen Moment aus dem Leben seiner Vorbesitzer mitbekommen hatte. Wer weiß, vielleicht hatte es einen Mord miterlebt und war vom Mörder zu einem Verkäufer gelangt und von da in die Hände eines Menschen mit gutem Herzen.

Draußen hingen die Wolken wie graue, schwere Lappen am Himmel, und es goss in Strömen. Mein Pulsschlag wurde schneller, ich dehnte meine Finger. Ich stellte mir vor, ich würde ein Taxi rufen, in einem belebten Stadtviertel aussteigen und meine Hand in die Taschen der Leute schlüpfen lassen; ich stünde mitten im Gewühl, würde ein Portemonnaie nach dem andern greifen, mit flinken, präzisen Handbewegungen ... Es hörte nicht auf zu regnen, und mein Puls beruhigte sich nicht. Mach schon!, hörte ich die innere Stimme und versuchte zugleich, sie zu besänftigen. Wieder stieg ich die Treppe hinauf, redete mir ein, dass die deutlich vernehmbaren Schritte in meinem Rücken nur ein Echo waren, und zündete mir eine Zigarette an. Der Obdachlose war verschwunden. Mein Herz schlug dumpf und schwer. Ich durchquerte den Bahnhof, ging die Treppe hinunter. Vor dem Verkehrskreisel stand ein Mann mit durchnässtem Regenmantel. Im Scheinwerferlicht eines vorbeifahrenden weißen Autos verwandelte sich der Sprühregen in ein Feuerwerk aus gleißenden Goldpartikeln. Mir war, als würden Nadeln vom Himmel fallen, die unbarmherzig in die Haut stachen. Plötzlich entdeckte ich den Obdachlosen wieder. Er schlief, aber der Mann im Regenmantel war verschwunden.

Ich widerstand der Versuchung, nochmals über meine Schulter zu blicken, und dachte, dass es besser gewesen wäre, gar nicht erst hierherzukommen. Ich fühlte die Gegenwart des Turms, der von hier aus nicht zu sehen war, fühlte den unaufhörlichen Regen, die gewaltigen Wolken, aus denen es endlos goss – und sah mich selbst, wie ich in dieser Landschaft meines Weges ging.

4

Wenn du jemandem mit einer Milliarde hunderttausend klaust, ist das ein Klacks.«

Ishikawa hatte gerne solche Sachen gesagt. Es machte ihm Spaß, sich bei den Reichen zu bedienen, ich tat es ihm nach. Er nahm ihnen zwar die Brieftaschen ab, hing aber nicht an dem erbeuteten Geld. Meistens verschleuderte er es noch am gleichen Tag.

»Falsch ist es trotzdem«, sagte ich.

Er nickte. Ein Lächeln huschte über sein Gesicht, dann redete er weiter. Wir saßen in einem engen Séparée unserer etwas in die Jahre gekommenen Stammbar. Der Barbesitzer war früher Mitglied einer Mafiabande gewesen, doch er erzählte nie Genaueres über seine Vergangenheit. Sein Körper war leicht verformt, die Arme und Beine dünn. Wie alt er war, konnte ich nicht sagen.

»Aber wenn es keinen Besitz gäbe, gäbe es auch keinen Diebstahl. Logisch, oder? Solange auch nur ein einziges Kind auf dieser Welt Hunger leiden muss, ist jeder Besitz Diebstahl.«

»Quatsch, damit können wir uns doch nicht rechtfertigen!«

»Das soll keine Rechtfertigung sein. Aber weißt du, ich kann diese eingebildeten Typen, die sich für Wohltäter halten, nicht ausstehen.«

Einmal war Ishikawa auf simple Art zu sehr viel Geld gekommen. Er hatte von einem alten Lustknaben gehört, der ganze Geldbündel in einen Members-only-Club mitbrachte. Der Mann war ein hohes Tier bei irgendeiner religiösen Organisation und hatte Spaß daran, bei Frauen mit seinem Geld zu protzen. Wenn die Versammlungen zu Ende waren und er in gehobener Stimmung den Drang verspürte, noch einen kleinen Höhepunkt draufzusetzen, lud er seine Lakaien in den Club ein, um sich dort mit jungen Damen zu vergnügen. Der Mann war mager, hatte Glubschaugen und zeigte beim Lachen sein Zahnfleisch. Ishikawa kaufte also ein zum Verwechseln ähnliches Herrentäschchen wie der Alte, wartete vor dem Club auf dessen Ankunft, stieß zufälligerweise mit dem Sekretär zusammen, der aus dem Auto gestiegen war und das Täschchen seines Chefs hielt, ließ dieses schnell in seinem Mantel verschwinden und stattdessen das falsche auf den Boden fallen, in das er Bündel von gewöhnlichem Papier gestopft hatte. Der Alte hob fluchend sein Täschchen auf, blaffte Ishikawa an, der sich höflichst entschuldigte, und verschwand mit seinem Gefolge in dem grauen Gebäude, wo sich der Club befand. Im Täschchen waren zehn Millionen Yen.

»Zehn Millionen ... Er liebte wohl diese runden Zahlen. Aber eigentlich war er gar kein schlechter Kerl. In Wahrheit wollte er ja nur, wie der religiöse Verein nach außen vorgibt, Schulen im Sudan bauen oder Flüchtlingen helfen. Unbewusst. Und ich habe ihm sozusagen geholfen, seinen unbewussten Wunsch zu erfüllen.«

Ishikawa lachte wie ein Kind und kniff dabei die Augen zusammen.

»Sterben in solchen Ländern nicht Tausende von Menschen gleich nach der Geburt? Nur weil sie dummerweise gerade dort zur Welt kamen. Du hast noch gar keine Kraft, dich dagegen zu wehren, und schon holt dich der Tod. Ausgemergelt und von Fliegen umschwärmt ... Ich würde das hassen.«

Ich weiß nicht, ob die Geschichte wahr ist, aber Ishikawa erzählte damals, eine Million habe er einer Frau unbekannter Herkunft geschenkt, die in jenem Club arbeitete und ihm den einen oder anderen Gefallen erwiesen hatte; eine weitere Million habe er noch am gleichen Tag verjubelt und den Rest einer ausländischen Non-Profit-Organisation zukommen lassen, bei der eine ehemalige Freundin von ihm arbeitete.

Ishikawa hatte nicht nur eine flinke Hand, sondern auch ein geschliffenes Mundwerk. Früher hatte er oft seine Jobs gewechselt und sich nur als Taschendieb betätigt, wenn er Geld brauchte. Bevor wir uns begegneten, war er in einer berüchtigten Gruppe von Kapitalanlagebetrügern aktiv gewesen.

»Wenn ich mich wie unsichtbar durch die Menge bewege, ist das ein besonderes Gefühl. Erleben wir Zeit, je nach Situation, nicht mehr oder weniger intensiv? Wenn du zockst oder irgendeinen Investitionsschwindel aufziehst, spürst du die gleiche prickelnde Anspannung. In dem Moment, wo du das Gesetz übertrittst, wo du mit einer Frau aus dem Yakuza-Milieu schläfst oder sonst mit einer, die total crazy und unberechenbar ist – in dem Moment wird dein Bewusstsein extrem stimuliert, es zieht dich rein, und du hebst ab … Diese verrückte Erfahrung, dieser Rausch gibt sich aber nicht mit dem einen Mal zufrieden. Er verlangt nach Wiederholung, nach Abwechslung, gierig, unersättlich. Er treibt dich an, wie ein zweites Ich in dir. Will noch einmal dieses Gefühl, noch einmal jenes Gefühl auskosten … In meinem Fall ist es die Kunst des Klauens. Das gibt mir den größten Kick.«

Wegen Anlagebetrugs war gegen Ishikawa ein Haftbefehl erlassen worden, worauf er zunächst auf die Philippinen, dann nach Pakistan und weiter bis nach Kenia floh. Als er wieder zurückkam, hatte er die Identität eines Verstorbenen angenommen. Mit neuem Führerschein, neuem Reisepass und neuer Meldebescheinigung war er zumindest dem Anschein nach ein freier Mann.

»Offiziell bin ich in Pakistan gestorben, deshalb heiße ich jetzt Niimi. Ich war also schon Niimi, als ich dich zum ersten Mal traf. Alles ziemlich kompliziert. Genaueres kann ich dir leider nicht erzählen, weil es da einige Dinge gibt, von denen du besser nichts erfährst.«

Zu dem, was ich besser nicht erfahren sollte, gehörte seine Tätigkeit in einem Büro, wo er von Montag bis Freitag das Telefon hütete. Wenn ein Anruf kam, meldete er sich mit irgendeinem fiktiven Firmennamen, er nahm Briefpost entgegen oder bekam gelegentlich Besuch von einem Typen, der eine nicht unwichtige Rolle zu spielen schien. Beutezüge in der Stadt unternahmen Ishikawa und ich meistens nur an Wochenenden.

Auf seinen Wunsch hin hatte ich ihn mehrmals in seinem Büro besucht. Offenbar langweilte er sich. Eines Tages traf ich dort auf ebenjenen Typen. Plötzlich öffnete sich die Tür. Als ich mich überrascht umdrehte, stand er da, direkt vor mir. Beim Eintreten löschte er das Licht und schaute sich schweigend um. Ich weiß nicht, warum, aber in dem Moment bereute ich es, hergekommen zu sein. Im schummrigen Halbdunkel herrschte Totenstille.

Er hatte schwarzes Haar und trug eine Sonnenbrille, was mich an einen Broker erinnerte. Sein Alter war schwer einzuschätzen. Er konnte in den Dreißigern sein oder auch in den Fünfzigern. In dem durch die Vorhänge gedämpften Licht schritt er durchs Büro. Sein Schatten an der Wand bewegte sich mit ihm. Jeder Schritt hallte unheimlich in der Stille. Ohne seinen Blick von Ishikawa abzuwenden, öffnete er den Geldschrank, entnahm ihm zehn Millionen Yen und steckte sie seelenruhig in eine Tasche. Dann wandte er sich mir zu, durchbohrte mich mit seinem Blick und zischte leise: »Wir sehen uns wieder.«

Ich hatte keine Ahnung, was vor sich ging, starrte ihn nur an. Nachdem der Mann wieder gegangen war, fuhr Ishikawa fort, über das Klauen zu reden, als wollte er verhindern, dass ich den Mund aufmachte.

»Nur ein einziges Mal hatte ich ein schlechtes Gewissen, das war bei einem Feuerwerk. Es geschieht eher selten, aber manchmal mischt sich unter die Masse der Menschen auch mal einer, der sehr, sehr reich ist.«

Ich gab es auf, über den Typ mit der Sonnenbrille Fragen zu stellen. Er gehörte wohl zu dem Bereich, der für mich tabu war. Ich versuchte, seine Existenz aus meinem Gedächtnis zu löschen, allerdings nur mit mäßigem Erfolg.

»Zum Beispiel jemand im reiferen Alter, der sich mit seiner Geliebten vom Hotelzimmer aus das Feuerwerk anguckt. Plötzlich bekommt sie Lust auf Yakisoba* oder will ein bisschen spazieren gehen und redet auf den Mann ein, mit ihr nach unten zu kommen … Schon als Kind habe ich Feuerwerke gemocht. Ein wundervolles Vergnügen, für Arm und Reich. Für alle Menschen gleich, steigen die Raketen hoch in den Himmel und explodieren in ihrer ganzen Farbenpracht.«

Ishikawa schaute unschuldig wie ein Kind drein. Doch noch immer war die Gegenwart des Mannes im Raum zu spüren, und Ishikawas Blick wanderte unruhig hin und her.

»Ein Feuerwerk ist wirklich was Bezauberndes! Aber nutzen wir diese Schönheit nicht aus für unsere Zwecke? Während die Leute sich an der Schönheit erfreuen, lauern wir auf unsere Chance. Wir schauen nicht auf das Schöne, sondern auf die Taschen. Das ist, wie soll ich das nennen …«

So sprach Ishikawa damals, doch ich hatte nur vor Augen, mit welcher Raffinesse er jeweils zur Sa-

* Gebratene Nudeln mit Fleisch und Gemüse, darüber gestreut Ingwer-Pickles, Bonito-Späne und Seegras-Flocken (A. d. Ü.)

che ging, und war vollkommen fasziniert. Mit drei Fingern angelte er sich ein Portemonnaie, schob es hinter dem Rücken in meine Hand, ich nahm die Scheine heraus und reichte ihm das Portemonnaie zurück, da hatte er sich bereits das nächste Objekt geholt, stieß zugleich, ohne hinzuschauen, mit dem Arm an den Besitzer des ersten Portemonnaies und zauberte es wieder in dessen Tasche zurück. Für mich waren seine Bewegungen etwas vom Schönsten überhaupt. Keinen Augenblick dachte ich damals daran, dass diese Schönheit so vergänglich sein würde wie die Feuerblumen am Himmel.

5

Als ich wieder nach draußen ging, hatte der Regen aufgehört. Ich warf den Schirm in den Korb eines herumstehenden Fahrrads, machte die Mantelknöpfe zu, ließ die Katze unbeachtet, die mir aus irgendeinem Grund folgte, und betrat einen Supermarkt.

Im Laden war es heiß, ich schwitzte. Einen Moment lang meinte ich, ich hätte Tachibana erkannt, doch dann überlegte ich mir, dass es unwahrscheinlich war, ihn hier anzutreffen, und atmete erleichtert auf. Ein Angestellter warf mir einen Blick zu. Ich legte Eier, Schinken und Brot in den Einkaufskorb, dazu noch ein Mineralwasser und ging in Richtung Kasse.

Ich fragte mich, warum ich nach Tokio zurückgekehrt war. Nach jenem großen, dreisten Coup ging ich damit ein hohes Risiko ein. Klar, ich wollte etwas über den Verbleib von Ishikawa erfahren, aber ob das der wahre Grund war? Ich wusste es nicht. So wie die Sache sich entwickelt hatte, war Ishikawa wahrscheinlich tot. Und daher konnte auch ich mich in Tokio nicht allzu sicher fühlen.

Ich bemerkte eine Mutter mit ihrem Kind und blieb stehen. Die Frau – ihr braunes fransiges Haar war zu einem Pferdeschwanz gebunden – stieß mit ihrem Knie kurz das Kind an, worauf es eine Packung Fischfilets in seiner Uniqlo-Papiertüte verschwinden ließ. Ein Handtuch war so drapiert, dass es die Ware bedeckte, wenn man die Tüte ein wenig schüttelte. Mein Herz stockte einen Moment, was mich ärgerte. Das Kind langte zielstrebig und konzentriert zu, wie es die Mutter erwartete. Es bewegte sich geschickt, darauf bedacht, ja nicht entdeckt zu werden und dadurch die Mutter in Schwierigkeiten zu bringen. Die Beine, die aus den kurzen blauen Hosen ragten, waren recht dünn, die Ärmelenden und Taschen seiner grünen Kapuzenjacke zerschlissen. In dem Laden fielen die beiden sofort auf. Die Mutter haute ihm eine runter, vielleicht weil er trödelte. Die Leute drehten sich nach ihnen um, doch der Junge lächelte tapfer. Wahrscheinlich ist es ihm peinlich, dachte ich. Er wollte seiner Umgebung zeigen, dass er nicht so war, wie seine Mutter ihn behandelte, und auch seine Mutter nicht so war, wie sie sich benahm. Mit seinem reflexartigen Lächeln versuchte er, die unangenehme Situation zu überspielen.

Instinktiv folgte ich ihnen. Als die Mutter mit ihrem Knie dem Jungen wieder ein Zeichen gab, steckte er mehrere Packungen Instant-Nudelsuppe in seine Tüte. Er war schnell, aber für das, was die Mutter begehrte, war die Tüte zu klein. Eine Frau mittleren Alters in einem dunkelblauen Mantel beobachtete die beiden und verschwand am Ende des Ganges hinter einem Warengestell. Kein Zweifel, eine vom Supermarkt angeheuerte Ladendetektivin. Der Junge schien es gemerkt zu haben, sagte seiner Mutter aber nichts.

Ich näherte mich und sah mir die Frau genauer an. Sie war etwa Mitte dreißig, hatte schmale Augen und wirkte ausgezehrt. Zu ihrem roten, offenbar neuen Trainingsanzug trug sie verdreckte Sandalen. Sie kauerte sich vor einem Gestell mit Knabbereien nieder, murmelte etwas und drückte, als könne sie sich nicht entscheiden, an den Packungen herum. Der Gesichtsausdruck hatte keinerlei Ähnlichkeit, aber plötzlich musste ich an Saeko denken. Die Frau entschied sich schließlich für eine Packung mit Crackers und rief den Jungen. Ich beugte mich zu ihr hinunter und hätte fast etwas gesagt, doch ich beherrschte mich und richtete mich wieder auf. Irritiert wandte sie sich mir zu, schaute mich an. Da rutschte es mir wie von selbst über die Lippen.

»Erwischt.«

»Wie bitte?!«

In ihrem vorwurfsvollen, wütenden Blick war Angst zu spüren. Der hagere Junge an ihrer Seite stand wie versteinert da. Ein erbarmungswürdiger Anblick.

»Da drüben, die Frau im dunkelblauen Mantel. Sie gehört zum Laden. Sie hat euch gesehen und wird die Polizei rufen. Heutzutage zögert man nicht lange. Entweder Sie bezahlen, oder Sie lassen alles liegen und verschwinden.«

Die Wünsche der Mutter überstiegen das Fassungsvermögen der wohl vom Jungen selbst präparierten Papiertüte, denn das Handtuch konnte den Inhalt nur halbwegs verbergen. Von Fisch und Fleisch war nichts zu sehen, aber die Ecke einer bauchigen Chips-Tüte lugte unter dem Tuch hervor. Ich ging zur Kasse und reihte mich in die Schlange ein. Es warteten viele Leute, aneinandergedrängt wie die Heringe. Ich schwitzte.

Als ich endlich draußen war, zog ich mir einen Dosenkaffee – ich hatte vergessen, ihn im Laden zu kaufen – und zündete mir eine Zigarette an. Da kam die Mutter mit ihrem Jungen daher. Er öffnete das Schloss ihres Fahrrads und beobachtete, wie sie auf mich zuging.

»Wer bist du? Was soll das?!«

Die Frau kniff immer wieder ein Auge zusammen. Dabei verzog sich ihr ganzes Gesicht.

»Ich hab Ihnen nur gesagt, dass Sie gesehen worden sind.«

»Willst du mich lächerlich machen?«

Sie starrte mich an, und wieder zuckte das Auge.

»Ich gebe meinem Kind zu essen, wie es sich gehört. Niemand hat das Recht, mich blöd hinzustellen.«

Der Junge schien abzuschätzen, wie zornig seine Mutter war. Ihre Stimme überschlug sich, als hätte jemand den Lautstärkeregler zu weit aufgedreht. Während ich ihr Gesicht betrachtete, kam mir erneut Saeko in den Sinn. »Manchmal freut es mich, wenn mir jemand vorwirft, ich hätte etwas Unverzeihliches getan. Selbst wenn ich es ohne jede Absicht getan habe«, hatte sie einmal gesagt. »Weil ich Dinge tue, die niemand mag. Weil ich sogar Dinge tue, die auch ich nicht mag. Weil ich gewisse Werte mit Füßen trete, die vielen Menschen wichtig sind.« Wenn Saeko so redete, pflegte ihre Stimme immer leiser zu werden.

»Ich wollte Sie nicht blöd hinstellen.«

Ich öffnete den Dosenkaffee, den ich eben am Automaten gezogen hatte.

»Weil ich es nämlich auch gemacht habe… Ich wollte Sie nur warnen, das ist alles. Sie sollten dankbar sein.«

Die Frau sah mich mit weit aufgerissenen Augen an. Saeko hatte nie ein solches Gesicht gemacht.

»Wer bist du?!«

»Ist doch egal.«

»Arbeit?«

»Hab ich keine.«

Ich sagte die Wahrheit, aber sie musterte mich von oben bis unten. Wie immer, wenn ich am Abend in die Stadt ging, trug ich etwas bessere Kleidung.

»Du hast sicher viel Geld, oder? Ruf mich an, wenn du Zeit hast. Zehntausend wären okay.«

Sie nahm aus ihrem Portemonnaie eine Visitenkarte und reichte sie mir. Neben ihrem Foto stand der Name irgendeines Clubs, dessen Adresse und Telefonnummer mit Kugelschreiber durchgestrichen waren. Nur die Handynummer schien noch zu stimmen.

»Geschminkt sehe ich übrigens viel hübscher aus. Für zehntausend mach ich's.«

Sie ergriff den Arm ihres Jungen, hob ihn auf den Gepäckträger und fuhr davon. Er schaute nicht zurück.

6

Als mir Ishikawa die folgende Geschichte erzählte, befanden wir uns in einer Fußgängerpassage, die mehrere Bahnlinien unterquerte. Wir hatten ein paar Portemonnaies und Brieftaschen geangelt, das Geld im Séparée einer Bar aufgeteilt und waren wieder nach draußen gegangen. Doch Ishikawa wollte mich nicht gehen lassen. Statt den Parkplatz steuerte er ebenjene Passage an und tauchte ins Halbdunkel ein. Vereinzelte Radfahrer fuhren an uns vorbei, aber sonst war es zu dieser späten Stunde ruhig. An den Wänden Graffiti mit englischen Wörtern, am Boden leere Kaffeedosen, Plastikmüll, verfaulte Essensreste. Insekten schwirrten vor unseren Gesichtern herum. Wir verscheuchten sie mit der Hand und gingen immer tiefer in den Tunnel hinein. Die Decke war sehr niedrig, bei jedem unserer Schritte knackte und knirschte es. Mitten im Tunnel lagen zwei kleinere schwarze Plastiksäcke. Als ich einen mit dem Fuß ankickte, gab er nach, wie ein weicher schwarzer Klumpen Fleisch.

»Nicht gerade der gemütlichste Ort… Die Bar wäre wahrscheinlich auch okay gewesen, aber man weiß nie«, sagte Ishikawa und lehnte sich an die Wand. An dem Tag hatte er mehr als sonst getrunken. Er schaute mich an und öffnete den Mund, um etwas zu sagen, aber dann blickte er zu Boden, zündete sich eine Zigarette an und nahm zwei tiefe Züge.

»Ich bin bei dieser Firma…«

Er sagte es, ohne mich dabei anzusehen.

»Na ja, vielleicht ist es auch keine Firma… Wie auch immer, ich arbeite für sie. Nehm ich mal an.«

Ich kauerte mich nieder und zündete mir auch eine Zigarette an. Da der Mantelsaum fast den Boden berührte, klemmte ich die beiden Enden zwischen die Oberschenkel.

»Aber es ist ziemlich riskant, so wie's aussieht. Kann gut sein, dass man mich einlocht oder sogar umbringt… Das heißt, ich muss da raus, bevor es zu spät ist.«

»Was erzählst du da?«

»Hör einfach zu.«

Am Eingang des Tunnels erschien eine männliche Gestalt, ein Obdachloser. Als er uns erblickte, verzog er sich wieder mit langsamen, schlurfenden Schritten.

»Noch ist es wie eine Art Teilzeitjob. Wenn ich

jetzt damit aufhöre, könnte ich entkommen. Ich habe gesagt, ich wolle weg aus Tokio. Sie kennen mich und wissen, dass ich den Bullen nie etwas verraten würde. Doch jener Typ hat davon Wind bekommen. Wenn ein kleiner Helfer wie ich aussteigt, sollte es keine Schwierigkeiten geben, dachte ich, aber …«

»Wer?«

»Der Typ, den du neulich im Büro getroffen hast. Kizaki, aber das ist wohl nicht sein richtiger Name. Er ist der Boss dieser Firma oder wie man das nennen soll.«

Mir wurde flau im Magen.

»›Du kannst gehen, wenn du willst‹, sagte er, ›aber vorher hab ich noch einen Job für dich … Wir besorgen dir einen Pass und was man sonst so braucht. Weil ich gut gelaunt bin‹, meinte der Typ. Er versprach sogar, mir einen Anteil zu überlassen. Ich soll ihm für den Rest des Lebens dankbar sein.«

»Worum geht's denn?«

»Bewaffneter Raubüberfall.«

Mir wurde auf einmal schwindlig.

»Ach du Scheiße.«

»Nicht wie du es dir vorstellst. Sie wollen offenbar nur an gewisse Papiere herankommen, im Besitz eines älteren Herrn, der sich als Investor und Spekulant betätigt. Vordergründig soll es aussehen, als hätten sie es auf Geld abgesehen, aber in Wahrheit geht es ihnen um die Papiere. Das wird ein brutaler Überfall. Wenn diese Kerle die Geduld verlieren …«

»Was für Papiere?«

»Weiß ich nicht.«

Ich warf die glühende Kippe in die Abflussrinne und stand auf. »Das kommt mir suspekt vor. Ich würde mich raushalten.«

»Sagst du, aber … Wir haben ein kleines Problem.«

Ishikawa holte Luft. Eine Deckenleuchte, die bis eben noch geflackert hatte, erlosch ganz.

»Er will, dass du auch mitmachst. Der Typ weiß einiges über dich.«

»Wie bitte?!«

»Du warst doch früher mal in Tanabes Gang, oder?«

Mein Puls begann schneller zu schlagen.

»Die bekamen zuerst die Infos – welche Villa, was für eine Art Schlüssel, ob es einen Tresor zu knacken gibt oder nicht –, um dann ihren Job zu erledigen. Ganz anders als die Hobbyeinbrecher, die es auf gut Glück versuchen. Echte Profis. Die Infos kamen von Kizakis Helfern und Helfershelfern. Auf diesem Weg hat Kizaki von dir erfahren.«

»Dieser Kizaki, was macht der genau?«

»Keine Ahnung. Ich dachte, er sei so ein Yakuza-

Geschäftsmann, ist er aber nicht. Jedenfalls ein, wie soll ich sagen, schräger Typ. Ziemlich schräg sogar. Redet viel, lacht viel, und wie ich gehört habe, bringt er ab und zu mal jemanden um.«

Ein junger Mann im Anzug lief, vor sich hin fluchend, in unsere Richtung. Als er uns bemerkte, verstummte er, beschleunigte seinen Schritt und verschwand auf der anderen Seite des Tunnels. Eine Alkoholfahne wehte hinter ihm her.

»Kannst du nicht abhauen?«

»Schwierig. Das haben auch andere schon versucht und mit dem Leben bezahlt. Schonungslos, konsequent – zumindest in dieser Hinsicht verhält er sich wie ein Yakuza.«

»So einem ist nicht zu trauen.«

Über unseren Köpfen ratterte es. Dem Geräusch nach musste es ein Güterzug sein. Trotz meiner Anspannung fühlte ich tief in meinem Innern eine prickelnde Wärme. Sie wurde immer intensiver, pulsierender, und ich wusste, dass mich dieses Gefühl nicht mehr loslassen würde. Als mir der Turm vor Augen erschien, begannen sich im Dunkel die Umrisse der schwarzen Plastiktüten deutlicher abzuzeichnen. Wie gebannt starrte ich auf den trostlosen, fleischartigen Haufen Müll.

»Aber bewaffneter Raubüberfall, bedeutet das nicht Mord? Da will ich lieber …«

»Nein, keine Sorge.«

»Ich weiß nicht ...«

»Es soll ja vermieden werden, dass die Polizei was mitkriegt. Selbst wenn der Alte bis auf die Unterhose ausgeraubt wird – er kann es der Polizei nicht melden, weil das Geld steuerhinterzogen ist und die Papiere ihn wegen anderer Geschichten kompromittieren würden. Wenn sie ihn aber töten, kommt unweigerlich die Polizei ins Spiel.«

»Aber ... irgendwas scheint mir verdächtig«, sagte ich und gab dennoch nach. Wieder spürte ich diese pulsierende Wärme.

Ich fürchtete weniger, Ishikawa in Not zu bringen, wenn ich mich aus dem Staub machte; vielmehr reizte mich die Ahnung, dass eine überraschende Wendung jederzeit möglich war. Wenn ich die Wahl hatte, entschied ich mich stets für die Veränderung, das heißt für den Weg, der mich von der Welt entfernte. Ich ging hinter Ishikawa her. Die Zeit fühlte sich wie etwas Drückendes, Feuchtes, Warmes an, das sich um meinen Körper schlang. Saekos Gestalt tauchte vor mir auf. Als wir aus der Untergrundpassage kamen, bemerkte ich plötzlich einen stählernen Turm, der mir vorher nie aufgefallen war. Er stand da in der Nacht und reckte seine Spitze in den kalten, hohen Himmel.

Um die vereinbarte Zeit kam Ishikawa mit Tachibana zum Bahnhof. Ich wusste nicht genau, was die beiden ursprünglich miteinander verband, aber manchmal, wenn wir auf Angeltour gingen, gesellte sich Tachibana zu uns und beobachtete vergnügt unser Tun. Wortlos gingen wir zu Ishikawas Büro.

Tische und Stühle waren keine mehr da, der Raum leer. Kaum hatten wir uns auf den nackten Fußboden gesetzt, kamen drei Männer herein. Das Timing war so perfekt, dass sie uns gefolgt sein mussten. Ich merkte, wie meine Nervosität stieg. Ishikawa schien die Männer nicht zu kennen. Jeder hatte einen Koffer bei sich, den sie in einer Ecke des Raumes abstellten, als wären sie die Möbelschlepper einer Umzugsfirma.

»Da seid ihr also«, sagte der größte der drei Männer mit rauher, ruppiger Stimme. Er mochte vielleicht Mitte vierzig sein, aber seltsame Furchen in seinem Gesicht machten es schwer, sein Alter einzuschätzen.

»Okay, mit euch sollte es klappen. Euren Visagen sieht man an, dass ihr keine Unschuldslämmer seid.«

Er warf uns Plastikflaschen mit Wasser zu. Ich zögerte, meine Flasche zu öffnen, doch Tachibana trank ungeniert, ohne die Männer aus den Augen zu lassen. Die anderen zwei Männer, ebenfalls mit auffälligen Furchen, waren um die dreißig und von mittlerer Körperstatur. Der eine war kahlgeschoren, der andere hatte einen Bürstenschnitt. Beide trugen schmuddelige Bomberjacken.

»Wir erklären euch jetzt, wie es abläuft, und dann geht's zur Sache. Noch heute Nacht. Ich gebe zu, etwas kurzfristig, aber wir wollen ja nicht, dass einer plötzlich Bammel kriegt und anfängt rumzujammern. Also reißt euch zusammen. Für jeden gibt's fünf Millionen. Nix zu meckern, oder?«

Das war unwahrscheinlich viel Geld. Ich warf Ishikawa einen Blick zu, doch der zeigte keine Regung, ebenso wie Tachibana. Ich schaute wieder zum Wortführer und entschied mich dafür, den Mund zu halten.

»Von Niimi habt ihr wahrscheinlich das Wichtigste gehört, aber am allerwichtigsten ist, dass während der Aktion außer Niimi keiner ein Wort sagt, verstanden?«

Während der Typ sprach, ging plötzlich die Tür auf, und herein trat er, Kizaki. Ich zuckte zusammen, auch die drei Männer schienen überrascht zu sein. Er trug einen schwarzen Anzug unbekannter Marke, eine Sonnenbrille und am linken Handgelenk eine Uhr, deren Hersteller ich nicht identifizieren konnte. Am Hals hatte er eine auffällige violette Narbe. Als der größte der Männer und bisherige

Wortführer etwas sagen wollte, schnitt ihm Kizaki mit einem Wink das Wort ab.

»Heute haben wir viel Zeit«, sagte er mit einer Grimasse, die wohl ein Lächeln andeuten sollte.

Die Männer verfielen in angespanntes Schweigen. Es war so still, dass man den eigenen Atem hören konnte. Ich starrte Kizaki an. Wie er sich bewegte … Er stach aus dieser Umgebung heraus, zog alle Aufmerksamkeit auf sich. Mir war, als würde seine Aura den ganzen Raum, ja die Haut, die von der Luft berührt worden war, elektrisieren. Er musterte uns vergnügt. Dann, nach einer gefühlten Ewigkeit, sagte er in Richtung Tachibana: »Endlich sieht man sich mal …« Sein Mund hing etwas schief.

Dieser Kizaki schien ein anderer zu sein als der, dem ich schon einmal begegnet war: gutgelaunt, jovial. Tachibana versuchte, cool zu bleiben und zurückzulächeln, aber er schwitzte wie der Teufel.

»Also, das ist eine ziemlich ernste Angelegenheit«, wandte er sich an seine Gehilfen. »Nicht, dass ich euch misstraue. Ihr habt bisher immer alles perfekt gemacht, so wie ich es von euch erwarte. Aber ich werde jetzt mit den Jungs da reden, ich habe Zeit.«

Die drei Männer nickten, und Kizaki machte es sich zwischen ihnen und uns auf dem Boden bequem. Mein Hals fühlte sich trocken an. Ich nahm einen Schluck aus der Flasche. Er saß ein bisschen zu nah, als dass ich mich halbwegs hätte entspannen können.

»Das Wichtigste ist der Plan. Wer ohne Plan ein Verbrechen begeht, ist ein Idiot«, sagte er und schaute dabei mich an.

»Aber natürlich begeht nur jemand ein Verbrechen, der schon immer ein Idiot war. Wissen wir alle. Andererseits scheren sich auch intelligente, hochangesehene Leute nicht um Gesetze. Es ist nun mal so: Gäbe es kein Gesetz, wären Verbrechen sinnlos, langweilig. Leuchtet ein, oder?«

Noch immer schaute er mich durchdringend an. Ich wusste nicht, was ich hätte sagen sollen, und schwieg.

»Dann braucht es noch etwas – Eier. Kennt ihr den Roman *Verbrechen und Strafe*? Wohl kaum. Aber ich sage euch: Jener Raskolnikow hatte keine Eier in der Hose.«

Er änderte nur leicht seine Sitzposition und verpasste jäh, ohne sich umzudrehen, dem Bürstenschnitt hinter ihm einen kräftigen Fausthieb. Ich erstarrte, versuchte mir aber nichts anmerken zu lassen. Die Bürste kippte zur Seite, doch Kizaki schlug weiter auf dessen Schläfe ein, als wolle er den Kopf in den Boden hämmern. Die harten, dumpfen Schläge hallten in dem leeren Raum. Ich konzentrierte mich darauf, ruhig zu atmen, mich nicht zu rühren.

»Selbst wenn so was wie jetzt geschieht, bleiben wir ruhig, okay?«

Der Malträtierte richtete sich langsam auf, das Gesicht leicht verschwollen, und gab sich Mühe, sich wieder gerade hinzusetzen. Als Kizaki sich uns erneut zuwandte, war sein Gesichtsausdruck unverändert, aber man hörte, wie in unregelmäßigem Abstand Atemluft aus seinem Mund entwich – wohl weniger eine Folge der physischen Anstrengung als Ausdruck seiner Freude über den gelungenen Überraschungseffekt. Peinlich berührt schaute ich weg.

»Okay, fassen wir uns kurz. Vielleicht hat man es euch schon gesagt, aber ihr zwei da dürft auf keinen Fall den Mund aufmachen. Kein einziges Mal. Ziel ist das Haus eines alten Spekulanten. An ihm seht ihr beispielhaft, was für Schweine die Welt produziert.«

Ich schielte zum Bürstengesicht. Als sich unsere Blicke streiften, wusste ich vor Verlegenheit nicht, wo ich hinschauen sollte. In der schockstarren Atmosphäre klang Kizakis tiefe Stimme noch schneidender als zuvor. Unter dem Jackett trug er ein weißes Hemd. Von welcher Marke, konnte ich nicht ausmachen.

»Da wir mit dem Auto fahren, ist die Adresse unwichtig. Aber ihr müsst euch den Grundriss des Hauses einprägen. Es ist ziemlich groß.«

Der Lange holte einen Plan hervor. Seine Hand zitterte leicht. Die drei Männer, so schien es, fühlten sich in Kizakis Anwesenheit auch nicht sehr wohl. Weder der Geschlagene noch der Kahlgeschorene wagte es, sich zu rühren; beide saßen da wie versteinert und starrten schwitzend auf den Rücken ihres Bosses.

»In dem Haus wohnt nicht nur der alte Mann, sondern auch eine Frau. Die Frau ist seine Haushälterin und zugleich seine Geliebte, oder was auch immer. Die Frau des Alten lebt nicht da. Insgesamt also zwei Personen. Früher hatte er noch zwei weitere Geliebte, aber die sind schwanger geworden und nicht mehr da. Auch eine Sekretärin hat er. Sie ist diese Woche jedoch im Ausland, Urlaub.« Er fuhr fort: »Euer Job ist es, die Frau einzuschüchtern und zu fesseln, so dass sie uns nicht in die Quere kommt. Das heißt, ihr assistiert. Aber nur Niimi wird ihr mit Worten drohen. Auf Chinesisch, wie ich es dir gezeigt habe, klar? Es ist ja nicht dein erstes Mal.«

Kizaki blickte zu Ishikawa und verzog seine Lippen. Ishikawa nickte kurz.

»Da sie seine Geliebte ist, sieht die Frau natürlich gut aus, aber kommt ja nicht auf falsche Gedanken. Ihr solltet genug Weiber haben. Wenn ihr euch austoben wollt, bitte sehr, aber tut es mit den fünf Millionen. Ja, fünf Millionen für jeden von euch! Tolles Honorar, nicht wahr?«

Wir hatten das schon mal gehört, aber ich nickte trotzdem.

»Die Straßenjungs dort in der Gegend sind Schwachköpfe. Unbrauchbar. Wenn sie eine Frau sehen, verlieren sie gleich die Beherrschung. Sondern Speichel und Sperma ab, töten zu schnell und hinterlassen auch noch Fetzen von Haut unter den Fingernägeln der Frau, wenn sie sich in Panik wehrt.«

Die drei Männer lachten verschämt.

»Und wenn es um die Kohle geht, fühlt sich jeder benachteiligt ... So was muss ich bei euch nicht befürchten, hoffentlich. Von Tanabe hab ich gehört, dass es mit Nishimura beim Aufteilen nie Probleme gab, oder?«

Fast wäre mir das Gesicht verrutscht, doch gegen den ausbrechenden Schweiß war ich machtlos. Er nannte meinen richtigen Namen, und den hatte ich weder Tanabe noch Ishikawa jemals verraten. Ich schielte zu Ishikawa, konnte seinen Blick aber nicht fangen. Kizaki wandte sich Tachibana zu.

»Bei dir weiß ich nicht, aber na ja, wird schon klappen. Du bist ehrgeizig, das seh ich dir an. Einer wie du riskiert sein Leben nicht für etwas Geld. Gut, wo waren wir… Das Schlafzimmer der Frau ist hier. Dank unserer Abhörgeräte wissen wir, dass der Alte die Frau in sein Schlafzimmer ruft und nicht in ihr Zimmer geht. Das heißt, sobald ihr im Haus seid, schleicht ihr euch ins Zimmer der Frau und fesselt sie. Wenn sie nicht da ist, geht ihr ins Zimmer des Alten und fesselt sie dort. Ihr braucht euch nicht um den Alten zu kümmern. Eure Aufgabe ist es nur, die Frau zu fesseln. Und aufzupassen, dass sie nicht schreit. Mehr nicht.«

Kizaki zischte, als wäre ihm das Reden lästig geworden. Der Lange machte Anstalten, ihn abzulösen, doch Kizaki stoppte ihn mit der Hand. Die violette Narbe am Hals sah auf einmal viel größer aus.

»Der Plan ist genial… Schade, dass ich nicht dabei sein kann. Im Tresor des geldgeilen Alten liegen achtzig Millionen Yen, alles steuerhinterzogen. Außerdem jene Papiere, auf die wir es abgesehen haben. Meine Männer werden den Alten ein bisschen erschrecken und ihn den Tresor öffnen lassen. Wie gesagt, damit habt ihr nichts zu tun. Am besten schaut ihr gar nicht hin. Aber vielleicht ist das zu viel verlangt. Denn wie schöne Frauen zieht auch viel Geld die Blicke unwiderstehlich an. Um die zwei in Schach zu halten, benutzt ihr japanische

Schwerter. Pistolen beeindrucken kaum, aber mit großen, langen Stahlklingen ist der Überraschungseffekt groß. Das Seil, mit dem ihr die Frau fesselt, bekommt ihr später. Es ist genau das gleiche Seil, das eine chinesische Gang bei einem Überfall vor einem Monat benutzt hat. Auch werdet ihr Kleider, Handschuhe und Strümpfe tragen, wie es sie nur in China zu kaufen gibt. Eines der Kleidungsstücke hat ein Mitglied der Gang getragen. Der Mann, der es trägt, wird damit eine Tür so streifen, dass Fasern im Haus zurückbleiben. Und weil ihr alle Fullface-Helme aufhabt, verliert ihr keine Wimpern. Außerdem haben wir zwei verschiedene Schuhtypen vorbereitet: die einen mit abgeschliffenen Gummisohlen, die anderen wie die von den Chinesen. Sämtliche Mitglieder dieser Gang sind übrigens tot – eliminiert von gewissen Leuten in Shinjuku. Kein Knöchelchen ist mehr da von denen. Selbst wenn der Alte sich für einen selbstmörderischen Akt entscheidet und sowohl das hinterzogene Steuergeld als auch die Papiere der Polizei übergibt, haben wir nichts zu befürchten. Die Spur wird sie zur Chinesen-Gang führen, und da die alle tot sind, laufen die Ermittlungen ins Leere. Eine der Voraussetzungen für ein perfektes Verbrechen: die Bullen glauben machen, dass das Verbrechen von bestimmten Leuten begangen wurde, aber diese Leute existieren gar nicht mehr … Wenn niemand stirbt, kann man beruhigt sein. Liegt da aber eine Leiche, werden die Bullen scharf und setzen mehr Leute auf den Fall an. So was Dummes wollen wir nicht riskieren, oder? Besser, wir lassen den Alten und seine Geliebte am Leben, damit sie schön brav ihre Fehlinformationen an die Polizei liefern. Entscheidend ist jedoch, dass der Alte nicht weiß, worauf wir es wirklich abgesehen haben – das Bündel Papier.«

Der Mann holte tief Atem.

»Da ist nichts, was uns verraten könnte. Es wird laufen wie geschmiert. Wir können jetzt schon sicher sein, dass wir in wenigen Stunden Geld und Papiere haben werden. Selbst wenn ihr Scheiße baut und Spuren am Tatort hinterlasst – es gibt keinerlei nachweisbare Verbindung zwischen euch und uns. Dieses Büro existiert ab heute nicht mehr, hat mit uns nichts mehr zu tun. Falls man euch erwischt und ihr anfangt zu zwitschern … mehr, als dass ihr irgendwelchen komischen Kerlen geholfen habt, lässt sich nicht sagen. Stimmt ja sogar. Wenn ihr mit den Bullen kooperiert und ihre Ermittlungen unterstützt, kommt ihr zwar in den Knast, aber bei dem Delikt natürlich nicht für immer, leider. Irgendwann müsst ihr wieder raus, die Mauern können euch nicht ewig beschützen. Übrigens sitzen im Knast auch einige unserer Kumpels … Vielleicht schafft ihr es, euch zu wehren und heil rauszukommen. Doch draußen werdet ihr bald sterben. Nicht etwa durch einen verdächtigen Typen, der euch irgendwo auflauert, verschleppt und dann tötet. Nein, so nicht. Von einer Frau im Menschengewühl erstochen, aus großer Distanz erschossen, oder ein zufälliger Mitfahrer schneidet euch im Aufzug die Kehle durch... Eher was in der Art. Mit anderen Worten: Ihr dürft euch keinen Fehler erlauben. Euch von den Bullen nicht erwischen lassen. Verstanden? Und noch eins: Für das Geld, das ihr bekommt, solltet ihr mir dankbar sein. Still und leise. Das ist alles.«

Seine Mundwinkel erschlafften, er zündete sich eine Zigarette an.

Im leergeräumten Büro herrschte Schweigen. Der Lange begann den Deckel seiner Wasserflasche aufzudrehen. Das Drehgeräusch war unerträglich penetrant. Während der Mann rauchte, fragte ich mich, warum ich selbst in diesem Raum nie geraucht hatte. Das Gesicht des Bürstenschnitts war inzwischen ziemlich geschwollen. Tachibana holte ein wenig Luft und öffnete den Mund, als koste es ihn große Überwindung. Ishikawa blieb stumm.

»Äh, ich hätte noch ein paar Fragen. Zunächst: Ist das Auto, das wir benutzen, sicher? Dann: Wie öffnen wir das Türschloss dieses riesigen Hauses? Und wann bekommen wir unseren Anteil?«

Kizaki räusperte sich genervt und drückte seine Zigarette aus. Auf ein Handzeichen hin begann der Lange zu reden.

»Das Auto ist ein gestohlener Van, aber selbstverständlich hat einer unserer Experten die Fahrgestellnummer modifiziert. Sollten wir in eine Kontrolle geraten, besteht keine Gefahr; mein gefälschter Führerschein stimmt mit den Papieren des Autos überein. Die Polizei kann mit der Nummer nichts anfangen, weil es den Wagen offiziell gar nicht gibt. Abgesehen davon: Wo heute Kontrollen stattfinden, wissen wir bereits. Ebenso kennen wir die Standorte der Radarfallen und Überwachungskameras. Was war da noch?«

»Das Türschloss ... oder nein, wann wir unseren Anteil kriegen.«

»Den bekommt ihr im Auto, wenn alles vorbei ist. Es wäre riskant, sich später an einem vereinbarten Ort zu treffen. Was die Haustür betrifft: Wir haben einen Nachschlüssel. Die Tür ist etwas heikel, und nachts sollte man ja keine unnötigen Geräusche machen.«

Kizaki stand auf. Sofort erhoben sich auch seine Gehilfen, wie um ihn zu verabschieden. Ich hätte gerne gefragt, warum er seine Männer nicht den ganzen Job erledigen ließ, warum sie sich die Mühe machten, uns anzuheuern, aber ich traute mich nicht.

»Alles klar?«, fragte er mit gleichgültiger Miene, als hätte er jegliches Interesse an der Sache verloren. »Und denkt daran: Verbrechen gibt es solche und solche. Planloses Handeln ist dumm. Der Profit klein, das Risiko groß. Diese Kerle hier waren auch mal Stümper, aber ich habe sie gut erzogen. Wenn du die Ermittlungsmethoden der Bullen kennst und sie für deine eigenen Zwecke benutzt, lernst du automatisch, wie du dich verhalten musst, um nicht in ihre Fänge zu geraten. Der Plan ist entscheidend. Auch ihr, statt herumzulungern und euch mit lächerlichem Kleinkram abzugeben, benutzt euren Kopf! … So, und jetzt tut, was ich euch befohlen habe. Seid wachsam und habt euren Spaß. Ein Spaß, der braven Leuten nie vergönnt sein wird.«

7

Um ein Uhr nachts stiegen wir in den Van und zogen uns um. Seltsamerweise passten die Klamotten wie angegossen. Sie rochen säuerlich. Kizakis Männer entfernten eine Bodenmatte und öffneten die getarnte schwarze Abdeckung darunter.

»Die Schwerter sind in dem Sitz hier«, sagte der Lange, während er unsere Kleider im Hohlraum verstaute. »Den kann man auch für Drogen gebrauchen, für alles. Sogar Menschen gehen rein.«

Wir warteten eine Weile. Da öffnete sich die Tür, und ein Mann, den ich zum ersten Mal sah, nahm auf dem Fahrersitz Platz. Er nickte kurz den anderen zu und gab Gas. Bald ließen wir die engen Seitenwege hinter uns und fuhren, hin und wieder von einer Ampel angehalten, durch die nächtliche Stadt.

Stumm rauchten wir unsere Zigaretten, schauten zum Fenster hinaus. Gedankenlos folgte mein Blick einem Radfahrer; registrierte in einem neben uns dahingleitenden Auto die elegante Kleidung eines nicht mehr ganz jungen Ehepaars; blieb an weihnachtlich geschmückten Häusern hängen mit Sankt-Nikolaus-Figuren, die die Wände hochkrabbelten, oder blauen, grünen, roten Lichterketten.

»Er hier ist unser Fahrer«, sagte der Lange. »Sobald wir ausgestiegen sind, verzieht er sich mit der Karre. Den Wagen kann man nicht einfach vor dem Haus stehen lassen. Wenn alles rund läuft, gebe ich ihm Bescheid, und er kommt wieder zurück… Auf mein Zeichen werdet ihr schon zum Auto gehen, während ich noch ein paar Kleinigkeiten erledige. Den Alten und die Frau festbinden, die Telefonverbindungen kappen und so weiter, damit sie nicht gleich die Bullen rufen. Auf jeden Fall müssen wir schnell sein.«

Wir passierten einen Bahnübergang und fuhren langsam eine leicht ansteigende Straße hinauf. Die Häuser, die mit Glanz und Glitter um Aufmerksamkeit buhlten, wurden seltener, die Umgebung immer dunkler. »Da ist es!« Der Lange deutete in eine Richtung, wo sich der Umriss eines zweigeschossigen, relativ neuen stattlichen Hauses abzeichnete. Das quadratische Design erinnerte an die Architektur moderner Firmengebäude. Der Garten war nicht sehr groß, mit jungen Bäumen auf dem Rasen, die den Eindruck erweckten, als wären sie irgendwo ausgerissen und in willkürlicher Anordnung wieder eingepflanzt worden. »Die Hauptstadtresidenz des Alten«, erklärte man uns. In der Gegend gab es einige solcher Villen. Die Wege waren hell beleuchtet und in gutem Zustand.

Wir stülpten uns die Helme über und bekamen unsere Schwerter gereicht, die alle im gleichen Futteral steckten. Aber es waren gar keine Schwerter, wie ich es mir vorgestellt hatte, sondern klobige, monströs wirkende Schlachtmesser ohne einen Hauch von Eleganz. Sie sollten nur Angst und Schrecken einjagen. Kizakis Männer starrten konzentriert durch die Scheiben und spähten die Umgebung aus, während der Van langsam dahinrollte und dann lautlos stoppte. »Zuerst gehe ich und mache die Tür auf«, flüsterte der Glatzkopf in der grünen Bomberjacke, der bisher noch kein Wort gesagt hatte. »Und ihr zwei denkt daran: Nur Niimi redet. Ihr haltet schön brav die Klappe.«

Er stieg aus dem Wagen, steckte sich das Messer in die Bauchbinde, öffnete vorsichtig die Pforte und schlich Richtung Hauseingang. Plötzlich flammte ein Licht auf, mir stockte der Atem. Wie ertappt stand der Mann hell erleuchtet mitten auf dem Rasen. Tachibana wollte etwas sagen, doch der Lange winkte mit einer Handbewegung ab. »Es ist nur Licht«, sagte er ruhig. »Wir haben alles erkundet. Die Lampe ist nicht mit irgendwas verbunden. Und es ist auch kein Mensch in der Nähe. Also vollkommen egal, wenn das Ding leuchtet.«

Die Glatze steckte den Schlüssel ins Schloss, drehte ihn, öffnete die Tür einen Spalt und gab uns ein Zeichen. Wir stiegen alle aus, und eine Kolonne schwarzer Gestalten huschte im Flutlicht quer durch den Garten zur Haustür. Es erinnerte mich an früher, wenn ich auf Diebestour ging: die ausgetrocknete Kehle, die nervöse Anspannung … Der Van setzte sich lautlos in Bewegung. Drinnen im Haus kontrollierte der Lange, ob alle da waren, und schloss sachte die Tür.

Ein langer Flur erstreckte sich vor uns, kalt und dunkel. Dieses eigenartige, mir so vertraute Gefühl, mit Schuhen ins Haus einer wildfremden Person einzudringen, war sofort wieder da, als ich hinter Tachibana und Ishikawa herschlich, zum Zimmer der Frau am Ende des Ganges, neben der Toilette. Die anderen Männer stiegen vorsichtig die Treppenstufen hinauf, die sich im Dunkel verloren. Wir sollten die Frau fesseln und sie dann nach oben führen, wo das Schlafzimmer des Alten war.

Vor der gemaserten Holztür blieben wir stehen und atmeten tief durch. Ishikawa öffnete langsam die Tür, wir schlüpften ins Zimmer. Es war dunkel, aber in einer Ecke des etwa zehn Tatamimatten großen Raumes stand ein Bett, in dem sich die Silhouette eines Körpers abzeichnete. Ishikawa näherte sich dem Bett, in der Hand eine Rolle Klebeband. Sollte die Frau Widerstand leisten, würden sich Ishikawa und Tachibana um sie kümmern, während ich sie mit dem Messer bedrohte. Ich umklammerte das Futteral, hielt den Atem an. Ishikawa hatte Übung darin, sich lautlos zu bewegen. Gerade wollte er der schlafenden Frau mit Klebeband den Mund verschließen, da trat Tachibana auf irgendetwas, vermutlich aus Plastik, das unter seinen Füßen zerbrach und ein entsprechend lautes Geräusch machte. Ich schaute zu Tachibana. Vom Bett her war ein dumpfes Ächzen zu hören. Ishikawa drückte mit einer Hand den Kopf nieder, presste die andere auf den Mund und flüsterte der Frau etwas ins Ohr. Sie nickte wieder und wieder, doch ihr Körper sträubte sich reflexartig, stemmte sich, begleitet von verzweifeltem Schnaufen und Stöhnen, gegen sein Schicksal, bis es endlich still wurde. Ishikawa machte die Lampe neben dem Bett an, und Tachibana zog, um die Frau nicht mehr als nötig in Panik zu versetzen, langsam sein Messer aus dem Futteral. Die Frau starrte auf das riesige Messer in seiner Hand, starrte auf Ishikawas Arme, dann auf mich an der Tür. Durch die Nase nach Atem ringend, erhob sie sich schließlich auf Ishikawas Befehl vom Bett. Sie trug nur ein Camisole, ohne Unterwäsche. Ishikawa wies sie an, sich in der Zimmermitte auf den Boden zu setzen, und band ihr mit einem Strick die Hände auf dem Rücken fest.

Sie war groß und schlank, eine schöne Frau. Da ihre Hände hinten zusammengebunden waren, konnte man das Wogen ihrer Brüste unter dem Camisole umso deutlicher sehen. Die langen Beine hilflos ausgestreckt, wand sie sich in panischer Angst, ohne Bewusstsein dafür, wie schutzlos ihr weiblicher, nach Parfüm duftender Körper mit seinen Wölbungen und Rundungen uns ausgeliefert war. In all der Gefahr und Verzweiflung zog dieser Körper, der ein Eigenleben zu führen schien, unsere Aufmerksamkeit magisch an. Ishikawa prüfte im Licht der Nachttischlampe, ob die Hände gut gefesselt waren, flüsterte der Frau abermals etwas zu und pflasterte ihr noch einen Streifen Klebeband auf den Mund. Die Gestalt dieser misshandelten schönen Frau beherrschte die ganze Umgebung. Ihr Anblick nahm mich so gefangen, dass ich nichts anderes mehr wahrnahm. Bilder von Saeko blitzten vor mir auf. Irgendwann bemerkte ich, wie benommen ich sie anstarrte, und zwang mich wegzuschauen. Sowohl Tachibana als auch Ishikawa gaben sich größte Mühe, die Frau nicht unnötig zu berühren. Ishikawa nahm eine Frotteedecke vom Bett und legte sie um ihre Schultern, fasste die Frau an den gefesselten Armen und half ihr langsam auf die Füße. Dann gingen die beiden mit der Frau in ihrer Mitte die Treppe hinauf. Der intensive Duft ihres Shampoos vermischte sich mit dem Körpergeruch eines Unbekannten, dessen Jacke ich am Leib trug.

Im oberen Stockwerk drang Licht aus dem Schlafzimmer des alten Mannes. Leise Stimmen waren zu hören. Als wir die Tür öffneten, fühlten wir uns von dem hellen Licht fast geblendet. In dem riesigen Raum standen Kizakis Männer mit ihren gezückten Messern. Am Boden hockte geduckt wie ein Insekt ein grauhaariges altes Männchen. Seine Arme und Hände waren am Rücken so festgebunden, dass er sich nicht bewegen konnte.

»~~~~~~~~~~~ ~~~~«

»~~~~~~~~~~~~~~~~~ ~~~~~~~~~ ~~~~«

Die Männer blickten kurz zu uns und der Frau und wandten sich wieder dem Alten zu. Sie besprachen irgendetwas auf Chinesisch, was der Alte mit weit aufgerissenen Augen verfolgte. Auf ein Zeichen der Männer zogen wir unsere Messer. Der Alte gab keinen Laut von sich, glotzte nur. Die Augäpfel sprangen ihm fast aus den Höhlen.

»Wir werden dich nicht töten, also öffne den Tresor!«

Der Lange versuchte wie ein Ausländer zu wirken, der fließend, aber nicht akzentfrei Japanisch sprach.

»Bitte, lasst ...«

Die krächzende Stimme des Alten erinnerte an den Schrei eines Wildvogels.

»Wie oft muss ich es dir noch sagen?!«

»Wenn Sie mich töten, können Sie den Tresor nicht öffnen.«

Der Alte leistete tapfer Widerstand, doch seine Stimme zitterte. Er schwitzte am ganzen Körper.

»Töten oder nicht, mein Boss sagt, es sei ihm egal. Wenn es sein muss, nehmen wir den Geldschrank einfach mit und öffnen ihn in unserer Werkstatt. Beides kein Problem. Aber jetzt reicht's mir. Los, mach schon!«

Der Bürstenschnitt trat zum Alten und hielt ihm die Klinge vor die Nase.

»Willst du, dass sein Blut auf dich spritzt? Schneid ihm die Gurgel von hinten durch!«

»Verstanden.«

Der Alte stöhnte.

»Werdet ihr mich wirklich am Leben lassen?«

»Das hängt von dir ab.«

»Sechs, fünf, zwei, zwei, eins, Stern, Stern, null, fünf.«

Der Glatzkopf setzte sich vor den silbergrauen Geldschrank, der in einem Regal in der Zimmerecke untergebracht war. Er drückte die Nummern, und der Tresor öffnete sich. Der Lange nahm sein

Handy hervor, sagte etwas auf Chinesisch und legte wieder auf. Im Tresor waren weit mehr als die achtzig Millionen, die wir erwartet hatten. Tachibana gab ein Lachen von sich, als wäre es eine herbe Enttäuschung. Der Lange warf dem Glatzkopf eine weiße Tüte zu. Bündel um Bündel stopfte der das Geld hinein.

Als die Glatze einen Briefumschlag aus dem Tresor holte, stöhnte der Alte auf.

»Warte! Bitte nur das Geld!«, wimmerte er.

Der Lange sagte etwas auf Chinesisch zu ihm.

»~~~~~~~~~~~~«

»Hä?!«

»Wir nehmen auch die Aktienpapiere, Grundbuchauszüge, alles.«

»Das sind keine Aktien. Euch bringt das nichts.«

Der Glatzkopf starrte auf die Papiere.

»Die Zeichen kann ich nicht lesen. Versteh nix.«

»Ganz ehrlich…«

»Halt die Fresse.«

Generft nickte der Lange der Bürste zu, worauf der alte Mann verstummte. Die Frau kauerte mit seitlich angewinkelten Beinen auf dem Boden und starrte entgeistert vor sich hin. Der Alte rang mit seinen Fesseln, versuchte sich zappelnd herauszuwinden. Als der Glatzkopf mit der Tüte aufstand, sagte der Alte immer nur, als hätte er einen Kratzer in der Platte: »Bitte nicht! Bitte nicht!«

Der Lange deutete mit der Hand in Richtung Tür, wir gingen hinaus. Noch einmal fiel mein Blick auf die wie betäubt dasitzende Frau. Die Frotteedecke war ihr von den Schultern gerutscht.

Die Bürste öffnete die Haustür und spähte ins Dunkel. Alles ruhig. Der Van näherte sich langsam, und auf ein Zeichen glitten wir hinaus. An der Pforte blieb der Van stehen, die Tür schob sich lautlos zur Seite. So einfach war das!

»Und wo bleibt der andere?«, fragte Tachibana etwas verunsichert. Er meinte wohl den Langen, der im Haus zurückgeblieben war.

»Ein wenig Geduld, bitte. Er hat doch gesagt, dass er noch was erledigen muss. Wenn sie gleich die Bullen rufen würden, hätten wir ein Problem.«

Noch während sie sprachen, kam der Lange aus dem Haus. Er eilte zum Auto und sprang auf den Beifahrersitz. Wie vor dem Coup setzte sich der Wagen langsam in Bewegung.

Früher, mit den anderen Gangs, hatten wir nach unseren Einbrüchen immer gelacht, erleichtert und ausgelassen. Aber die Männer hier blieben stumm. Als wäre nichts geschehen, als hätten sie nur ihre alltägliche Arbeit verrichtet, zogen sie die Jacken aus, verstauten im Hohlraum unter der Matte die

Helme sowie die Tüte mit dem Geld und ließen in den Sitzen die sechs Messer verschwinden. Nachdem alles erledigt war, seufzten sie matt und schauten gelangweilt zum Fenster hinaus. Auf einmal berührte Ishikawa, der neben mir saß, meine Finger und schob mir einen Zettel in die Hand.

»Äh…«, durchbrach Tachibana das Schweigen. »Wenn es so einfach ist, hättet ihr es doch auch allein erledigen können, oder? Ich frage mich, warum mit uns?«

Abgelenkt durch Ishikawas Zettel in meiner Hand, spitzte ich dennoch die Ohren. Der Lange steckte sich eine Zigarette an und gab, ohne sich umzudrehen, zur Antwort: »Klar, zu dritt wär's auch möglich gewesen, aber mehr Leute ist besser. Das macht mehr Eindruck. Und wenn der Alte nicht kooperiert hätte, wäre es schwierig gewesen, den Geldschrank abzuschleppen… Was wolltest du noch wissen?«

»Warum gerade wir…«

»Ach so, eigentlich waren drei andere Typen vorgesehen. Freunde von uns. Doch als der Boss hörte, dass Niimi die Stadt verlassen will, hat er es sich anders überlegt. Sagen wir es mal so: Ihr seid für ihn die Sahne auf dem Törtchen. Er mag es, kleinen Gaunern wie euch zu helfen.«

Ich tat, als müsse ich mir den Fußknöchel kratzen, bückte mich und las den Zettel. *Verlasse Tokio sofort. Morgen Abend 7, Bahnhof Shin-Yokohama, Nordeingang.*

»Aber trotzdem ...«

»Mensch, du Nervensäge. Ich weiß doch auch nicht, was in seinem Kopf vorgeht. Jedenfalls könnt ihr froh sein. Wie er gesagt hat: Seid einfach dankbar und verschwindet. Es sind bisher noch rätselhaftere Dinge geschehen, als Leute wie euch anzuheuern. Er überlegt sich alles genau. Wenn er uns sagt, wir sollen diese oder jene Kerle einspannen, dann können wir sicher sein, dass sie nie was vermasseln. Als ich euch sah, dachte ich mir auch, kein Problem. Ich nehme an, er wollte Niimi noch mal ein wenig für sich arbeiten lassen, bevor er aussteigt, und ihm damit einen Gefallen tun. Ähnliches, wenn auch nicht so oft, hat er früher schon gemacht. Er mag junge Kerle und denkt nicht daran, euch zu verarschen. Ihr braucht keine Angst zu haben. Schließlich lässt er euch Möchtegernganoven ja wieder laufen ... Als er Niimi in Pakistan aus der Klemme half, war das für ihn eine Bagatelle. Auch diesmal war der Plan perfekt. Es dürfte nicht so schwierig gewesen sein, eine Dame zu fesseln und dabei die Klappe zu halten, oder? Wie auch immer, ihr habt Schwein gehabt.« Er verkniff sich ein Gähnen und drückte seinen Zigarettenstummel aus.

Es dauerte nicht lange, da befanden wir uns auf einem schmalen dunklen Weg, der zum Grundstück einer abbruchreifen Fabrik führte.

»Okay, bis hierher. Halt an.«

Die Männer stiegen aus dem Van und begannen, sich umzuziehen. Gummistücke von Reifen lagen wie verwesende Fleischklumpen überall herum... Ein verfallenes Wellblechgebäude... Ein weißer Lastwagen mit eingeschlagenen Fenstern... Beim Kleiderwechseln entfernte ich mich ein wenig von den Männern, doch Ishikawa reagierte nicht; zog ruhig die Tarnklamotten aus und seine eigenen wieder an.

»Jetzt die Kohle«, sagte der Lange.

Der Glatzkopf öffnete die Autotür, kroch hinein und wieder heraus, lässig mit einem dicken Bündel in der Hand.

»Fünf Millionen. Nix zu maulen, oder? War ja auch ein Kinderspiel. Aber ehrlich gesagt, ist das reinste Verschwendung.«

Er reichte jedem von uns das Geld. Der Lange gähnte, worauf der Fahrer sich die Augen rieb.

»Ihr könnt irgendwo auf dem Rückweg aussteigen und dann ein Taxi nehmen. Ach ja, Niimi, würdest du bitte das Steuer übernehmen? Nur für ein kleines Stück. Ich, er – wir haben beide schon länger nicht mehr gepennt. Wär blöd, jetzt einen Unfall zu bauen.«

Wir fuhren durch verwinkelte Wohnviertel und gelangten auf eine Schnellstraße. Der Lange sowie der Fahrer waren eingenickt. Die Glatze war jetzt der Chef und befahl Ishikawa anzuhalten. Ich hatte keine Ahnung, wo wir waren. In einiger Entfernung gab es einen 24-Stunden-Shop, sonst nichts. Der Abstand der Straßenlampen war so groß, dass das fahle Licht kaum die Dunkelheit erhellte.

»Ihr da, schnell raus. Versteckt das Geld in euren Klamotten. Als Taschendiebe solltet ihr wissen, wohin damit. Ihr seid hoffentlich nicht so doof, dass ihr euch von den Bullen schnappen lasst.«

Tachibana stieg aus, ich folgte ihm. Auch Ishikawa wollte aussteigen, doch die Glatze sagte: »Tut mir leid, du fährst noch ein bisschen, ja? Sieh doch, die Kerle hier pennen. Wir müssen nach Shinagawa und diese Karre loswerden. Auf halbem Weg lassen wir dich raus, okay?«

»Nein, ich…«, sträubte sich Ishikawa, doch die Glatze lachte.

»Du sitzt ja wie auf Nadeln! Aber gut, sagen wir bis Kannana. Von dort aus fahre ich. Mensch, ist das nervig.«

Ich blickte zu Ishikawa. Er nickte kurz. Dann sah ich nur noch, wie die Tür sich langsam vor ihm schloss. Der Wagen fuhr los, wurde immer schneller und verlor sich bald in der Dunkelheit. Um uns herum war es plötzlich still.

Schweigend blieben Tachibana und ich an Ort und Stelle stehen. Mit leerem Blick schaute ich den vereinzelt vorbeifahrenden Autos hinterher und zündete mir eine Zigarette an. Ich dachte an Ishikawa. Als ich Tachibana von dem Zettel erzählte, rauchte er schon die zweite Zigarette.

»Du sollst aus Tokio verschwinden, nehm ich an. Oder?« Tachibana lachte gedämpft. »Ehrlich gesagt, der hat zu viel Schiss. War doch so einfach. Ich denke, ich bleib in der Stadt. Hab Leute zu treffen, Weiber zu ficken …«

»Ich hau ab.«

»Deine Sache. Aber das war echt geil. Und ohne jedes Risiko.«

Tachibana hielt inne, schien über etwas nachzudenken.

»Wer war eigentlich dieser Typ?«

»Woher soll ich das wissen … Du meinst Kizaki oder wie er heißt? Besser, sich darüber keine Gedanken zu machen. Wie er selbst gesagt hat: Einfach nur dankbar sein. Das reicht.«

Wir gingen zum 24-Stunden-Shop, um jeder für sich ein Taxi zu bestellen. Als die Taxis auf den Parkplatz fuhren, winkte mir Tachibana kurz zu und schnipste seinen Zigarettenstummel dabei weg.

»Man sieht sich«, sagte er. »Leute wie wir laufen sich eines Tages bestimmt wieder über den Weg.«

Ich fuhr mit dem Taxi direkt nach Shin-Yokohama. In der Morgendämmerung wirkte alles wie verwischt. Häuser, Straßen, vereinzelte Fußgänger tauchten aus dem blassen Blau auf. Ich bezahlte das Taxi und ging in ein Businesshotel vor dem Bahnhof. Die Dame an der Rezeption wies mich hartnäckig darauf hin, dass ich in ein paar Stunden wieder auschecken müsse. Ich sagte, dann bitte zwei Nächte, beglich die Rechnung und ging auf mein Zimmer.

Als ich auf dem Bett lag, merkte ich erst, wie angespannt ich war. Ein Gefühl, als wäre ich noch immer in dem Van oder im Zimmer des alten Mannes. An Schlaf war nicht zu denken. Ich überlegte, mir eine Hure kommen zu lassen, aber um diese Zeit war es wohl schwierig, eine zu organisieren. So begnügte ich mich mit einer Zigarette und dachte nach. Wie es weitergehen sollte. Was ich tun wollte, und was mir wichtig war im Leben. Mir wurde schwindelig, und als ich plötzlich die gefesselte Frau im Zimmer des Alten vor mir sah, musste ich wieder an Saeko denken.

Tagsüber fand ich so gut wie keinen Schlaf. Die Zeit, die Ishikawa notiert hatte, Punkt sieben, rückte näher. Am Nordeingang des Bahnhofs Shin-Yokohama herrschte Betriebsamkeit. Angesichts dieses Gewimmels von Menschen, die im Gegensatz zu mir vor Unternehmungslust und Energie nur so sprühten, tat mir der Kopf weh.

Es wurde acht, dann neun Uhr, aber von Ishikawa keine Spur. Ich hockte mich hin und rauchte eine Zigarette nach der anderen. Die farbigen, grellen Neonschilder warfen ihr Licht auf die Kleider der Passanten. Meine Augen schmerzten. Ich blickte einem Pärchen nach, das ausgelassen lachte, betrachtete einen Firmenangestellten, der an die Wand gelehnt dastand, schaute auf meine Uhr, schaute auf meine Schuhe. Ein Mann kam mit erhobener Hand auf mich zu und merkte plötzlich, dass er sich getäuscht hatte. Von der anderen Seite näherte sich ein älterer Obdachloser.

»Was auch immer in Zukunft geschehen wird«, sagte er und schaute mir dabei in die Augen. Mein Herz begann wie wild zu schlagen. Um uns herum ein Strom von unzähligen lachenden, schwatzenden Gesichtern.

»Bleib ruhig und unauffällig … wenn du am Leben hängst. Du interessierst mich. Ich hoffe, wir sehen uns wieder.«

Ich starrte den Alten an. Mein Atem wurde schneller, aber ich gab mir alle Mühe, ruhig zu bleiben.

»Wer bist du?!«

»Nur ein Überbringer. Jemand in einem Anzug hat mich vorhin darum gebeten.«

Der Alte zog eine Flasche Whisky aus seiner Tasche.

»Noch mehr?«

»Äh, was war da noch …«

Er runzelte die Stirn und hustete.

»Ich habe mich entschieden, dich laufen zu lassen. Sei mir im Stillen dankbar, wo auch immer du bist … Das war's, glaube ich.«

Ich ging in den Bahnhof, kaufte eine beliebige Fahrkarte und wartete auf den Shinkansen. Im Fernseher des Warteraums liefen Nachrichten über irgendeinen Krieg. Dann wechselte das Thema, und auf dem Bildschirm erschien die Headline: »xx, Mitglied des Unterhauses, ermordet«. Der Mann auf dem eingeblendeten Foto war der Alte, den wir überfallen hatten.

»Nach den Aussagen seiner Haushälterin, die Zeugin des Überfalls wurde und unverletzt entkommen konnte, zwangen die Täter – mutmaßlich Ausländer – xx dazu, den Tresor zu öffnen, bevor sie ihn mit einem schwertähnlichen Messer ermordeten. Das Polizeipräsidium der Stadt hat mit den Ermittlungen begonnen. Die Behörde vermutet, dass es sich um einen weiteren Raubüberfall jener chinesischen Verbrecherorganisation handelt, die schon seit mehreren Jahren ihr Unwesen treibt. Im Parlament …«

Erst später erfuhr ich außerdem, dass am nächsten Tag der Privatsekretär eines anderen Politikers Selbstmord beging, das Vorstandsmitglied eines gemeinnützigen Vereins vor einen Zug fiel und ein IT-Unternehmenschef plötzlich verschwand und tot wieder aufgefunden wurde. Die Aktienkurse schnellten sprunghaft in die Höhe und stürzten dann ab. Ein Minister trat aus gesundheitlichen Gründen zurück. Kurz danach starb ein Politiker der gleichen Parteifraktion.

Ich verließ Tokio noch in jener Nacht.

8

Ich lehnte mich an die Mauer eines etwas heruntergekommenen Bürogebäudes und zündete mir eine Zigarette an. Den Mantel benutzte ich dabei als Windschutz.

Mit tief in den Taschen vergrabenen Händen und eingezogenem Kopf versuchte ich der Kälte zu trotzen. Aus dem Gebäude kamen zwei Frauen mittleren Alters in Arbeitsuniform, die fast wie Zwillinge aussahen. Als sie an mir vorübergingen, warfen sie mir einen argwöhnischen Blick zu. Meine Finger wollten einfach nicht warm werden. Ich ging in einen 24-Stunden-Shop und kaufte mir heißen Kaffee. Die Hände um die Dose gelegt, machte ich mich auf zur Konzerthalle.

Im Raucherbereich gönnte ich mir noch eine Zigarette und tat so, als würde ich meine Mails checken. Auf einmal Klatschen, dann Geraschel, Schritte, Stimmengewirr. Ich schaute zu den Türen. Und dann quoll eine Masse von Menschen aus dem Konzertsaal. Wie bei klassischen Konzerten üblich, waren es vor allem ältere, betuchte Leute. Auf dem Programm hatten Berlioz' *Symphonie fantastique* sowie Elgars *Enigma-Variationen* gestanden – beides sagte mir so gut wie nichts.

Ich mischte mich unter die Leute, die zum Taxistand strömten, und suchte mir, während sich die Finger in meinen Manteltaschen bewegten, ein besonders gut gekleidetes älteres Ehepaar heraus. Langsam näherte ich mich ihm. Die Eheleute lächelten sich beglückt an, priesen den französischen Dirigenten und sprachen darüber, dass sie ihn das nächste Mal in seiner Heimat erleben wollten. Der Mann trug einen dicken braunen Mantel von Loro Piana, die Frau einen cremefarbenen Wollmantel und dazu einen Schal von Gucci. Als der Mann vorschlug, etwas für das Enkelkind zu kaufen, stimmte die Frau freudig zu. Erfüllt von der Musik, strahlten die beiden Harmonie und Zufriedenheit aus. Die feinen Fältchen im Gesicht des Mannes erweckten den Eindruck, dass sie bisher ohne Schaden und Versagen durchs Leben gekommen waren und das Schicksal es mit ihnen stets gut gemeint hatte.

Wahrscheinlich befand sich das Portemonnaie des Mannes in der Mantelinnentasche. Am besten war es wohl, ihn nach der bewährten Methode frontal leicht anzurempeln. Plötzlich sagte er, ihm sei heiß, worauf er den Schritt verlangsamte und seinen Mantel aufzuknöpfen begann. Ich stellte mich dicht hinter ihn, um unerwünschte Blicke abzuwehren. Es musste schnell gehen, noch bevor die Frau auf die Idee kam, ihm beim Ausziehen des Mantels zu helfen. Als er die Knöpfe aufgemacht hatte und das Revers vor der Brust öffnete, streckte ich von schräg oben meine linke Hand vor, glitt mit Mittel- und Zeigefinger in die linke Innentasche und fasste das Portemonnaie. In dem Moment war mir, als spürten meine Finger sein warmes, freundliches Gemüt, ja das ganze angenehme Leben, das er mit seiner Frau genoss. Ich zog das Portemonnaie nach oben heraus und ließ es, noch während ich mich an dem Mann vorbeischob, im Ärmel meines Mantels verschwinden. Tatsächlich hatte der Mann Mühe, seinen Mantel auszuziehen. Die Ehefrau sagte etwas und streckte ihren zierlichen Arm aus, um ihm zu helfen.

Im Portemonnaie waren zweihundertzwanzigtausend Yen, verschiedene Kreditkarten sowie kleine Fotoaufkleber mit Enkelkind und Großeltern. Eingerahmt von Oma und Opa, lachte der Junge über beide Backen. Es sah entzückend aus, aber ich warf das Portemonnaie energisch in einen Briefkasten, als wollte ich mit dieser Welt nichts zu tun haben. Über den Dächern der dicht an dicht aneinandergereihten Geschäfts- und Wohnhäuser thronte ein silbrig glänzender Blitzableiter. Er schoss senkrecht in die Höhe, wie um das Licht der Sonnenstrahlen einzufangen. Ich blickte schnell weg und tauchte wieder ein in den Strom der Menschen.

In der Nähe meiner Wohnung stieg ich aus dem Taxi. Von dem verwahrlosten Haus auf der anderen Seite der Straße kam ein kleines Kind mit langem braunem Haar angerannt. Ich ging an verwitterten Schildern vorbei, schaute gedankenverloren auf eine mit Graffiti vollgesprayte Betonmauer und die geschlossenen Rollläden verwaister Geschäfte. Ich hatte Lust auf eine Zigarette, widerstand aber der Versuchung. Dennoch wünschte ich mir etwas im Mund. Da stießen meine Finger in der Tasche auf ein Päckchen Kaugummi. Ein Auto beschleunigte und raste dicht an mir vorbei. Ob ich den Kaugummi bezahlt oder beim Kauf einer Dose Kaffee hatte mitgehen lassen, wusste ich nicht mehr. Schließlich steckte ich mir doch eine Zigarette an und zog den Mantel enger um mich. Die Anspannung löste sich ein wenig. Als ich zur Hauptstraße gelangte, entdeckte ich unter den gleichgültig und müde wirkenden Passanten ebenjenen Jungen, der sich an der Seite seiner Mutter als Ladendieb betätigt hatte. Er war allein, hatte die gleiche Tüte wie damals bei sich und steuerte auf den Supermarkt zu, den wir beide kannten. Eigentlich wollte ich nach Hause, aber dann entschloss ich mich, dem Jungen zu folgen.

Er trug wieder seine kurze blaue Hose und die abgewetzte grüne Kapuzenjacke. Bei der Fleischtheke blieb er kurz stehen, neigte kaum merklich den Kopf, griff nach einer Packung Gehacktem und ließ sie in seiner Papiertüte verschwinden. Seine Bewegungen waren flink, auch hatte er die Packung gewählt, die der Tüte am nächsten war. Mir schien, als sei sein ganzes Leben vorherbestimmt, als müsse er sich dauernd gegen die Widrigkeiten des Daseins behaupten.

Nun ging er zum Gemüse. Er drückte sich an den drängelnden Hausfrauen bei den Sonderangeboten vorbei und nutzte den toten Winkel, um Zwiebeln und Kartoffeln in die Tüte zu befördern. Er arbeitete mit der rechten Hand und ziemlich effizient. Wenn er nach etwas griff, dauerte es nur einen Wimpernschlag, und das Ding war weg. Ich überlegte mir, wer von uns beiden in diesem Alter geschickter war. An seinen schnellen, präzisen Bewegungen gab es nichts auszusetzen, aber ein Kind, das allein im Supermarkt herumläuft, fällt auf – erst recht mit so einer Papiertüte. Eine Ladendetektivin hatte den Jungen bemerkt. Es war eine andere Frau als das letzte Mal. Sie hatte langes Haar und war wie eine normale Kundin gekleidet. Sie beobachtete einen alten Mann, der sich verdächtig benahm, und behielt zugleich den Jungen im Auge.

Ohne ihren Blick auf sich zu spüren, ging der Junge weiter zu den alkoholischen Getränken. Unschlüssig blieb er stehen, als ahne er, dass das, was er noch mitnehmen sollte, nicht in seine Tasche passte. Die Frau beobachtete aufmerksam das Geschehen. Plötzlich hatte ich das Bild vor Augen, wie Tausende von Armen sich nach dem Jungen ausstreckten; wie das kleine Kind, bloßgestellt vor aller Welt, hilflos dastand; wie es anklagende Blicke und empörtes oder mitleidiges Getuschel ertragen musste: Was ist das bloß für ein Kind?! Ich näherte mich dem Jungen und blieb neben ihm stehen. Er zuckte zusammen, begann leicht zu zittern, schaute mich aber nicht an.

»Erwischt. Lass die Tüte liegen und hau ab.«

Er schaute verlegen zu mir auf. Sein Gesicht war ungewaschen, aber er hatte lange Wimpern, und die Augen waren groß und klar.

»Wie letztes Mal. Man hat dich beobachtet. Hör auf damit, es hat keinen Sinn.«

Ich ging in Richtung der Frau, die alles gesehen hatte. Sie schaute weg, bückte sich und gab vor, irgendwelche Süßigkeiten zu suchen. Derweil schob der Junge drei kleine Dosen Bier in seine Tüte, eine nach der andern, und huschte schnell zu den Milchprodukten. Er bewegte den Kopf hin und her, auf der Suche nach dem, was er haben wollte – oder vielmehr, was seine Mutter haben wollte. Ich folgte ihm erneut. Vergewisserte mich, dass die Frau gerade nicht schaute, schnappte mir einen Einkaufskorb und nahm dem Jungen die Tüte aus der Hand.

»Genug jetzt«, sagte ich. »Ich kaufe die Sachen für dich.«

Im ersten Moment sträubte er sich. Aber dann sah er ein, dass er gegen einen erwachsenen Mann nichts ausrichten konnte, und gab nach.

»Was brauchst du noch?«

Der Junge schwieg. Aus seiner Jackentasche lugte ein Zettel. Ich fasste ihn mit Zeige- und Mittelfinger, zog und faltete ihn auf. Eine mit Kugelschreiber hingekritzelte Einkaufsliste. Die Schrift war krakelig und schief, wahrscheinlich die seiner Mutter.

Ich machte die Runde und legte die Waren in den Einkaufskorb. Der Junge trottete neben mir her. Die Ladendetektivin folgte uns und musterte mich – diesen Erwachsenen, der plötzlich an der Seite des Kindes aufgetaucht war – mit skeptischem Blick. Sie schaute in den Einkaufskorb und nahm dann die Verfolgung des alten Mannes wieder auf, der in eine andere Regalreihe abgebogen war. Der Junge ließ mich stumm gewähren, ohne ein Fünkchen Widerstand. Da ich sozusagen meine Berufskleidung trug, passten wir äußerlich überhaupt nicht zusammen. Vielleicht ist es ihm peinlich, dachte ich, von jemandem wie mir ertappt worden zu sein.

Ich sagte zu ihm: »Du bist ziemlich geschickt, aber … man macht das so, schau mal!«

Von der Liste war nur noch Joghurt übrig geblieben. Vor dem Kühlregal mit den aufgestapelten Bechern streckte ich meine Hand aus, als überlegte ich mir, welche Sorte es sein sollte. Ich blinzelte nach links und rechts, legte den Mittelfinger an den Rand des Deckels und krümmte ihn blitzartig, so dass der Joghurt nach vorne kippte, direkt in meinen Ärmel. Ich verschob die Hand nach links zu den nächsten Reihen und ließ drei weitere Joghurts im Ärmel verschwinden. Der Junge verfolgte mit ernster Miene jede meiner Bewegungen und schaute mich dann lange an, als ob ein Wunder geschehen wäre. Er schien auch sehr beeindruckt, als ich den Arm senkte und die Joghurts nicht herausfielen.

»Den Rest kaufen wir. Okay?«

Ohne eine Antwort abzuwarten, ging ich zur Kasse und bezahlte. Wir verließen den Supermarkt, und ich packte die Waren von meiner Tüte in seine.

»Hierher kannst du nicht mehr kommen. Sie haben Leute, die aufpassen, und dich kennen sie jetzt.«

Die Tüte in der Hand des Jungen wog so schwer, dass seine Schulter nach unten gezogen wurde. Er schaute mich an.

»Es ist keine schlechte Idee, die Waren unter einem Tuch zu verstecken. Aber vielleicht hörst du doch besser damit auf. Erstens wirkt es unnatürlich, wenn ein Kind mit so einer Papiertüte herumläuft. Zweitens ist die Tüte zu klein. Da geht nicht genug rein. Und deine Bewegungen … Man merkt sofort, was du im Sinn hast. Beim Stehlen braucht es noch ein paar Bewegungen mehr, sozusagen überflüssige, die einfach nur ablenken.«

Der Junge machte wieder ein ernstes Gesicht. Ich blickte weg.

»Also, nimm das und mach, dass du nach Hause kommst.«

Ohne einen Blick zurückzuwerfen, ging ich los und kaute heftig auf dem Kaugummi herum, das ich zuvor in meiner Manteltasche gefunden hatte.

9

Als ich aufwachte, waren Nacken und Schultern schweißnass. Ich musste geträumt haben, konnte mich an den Traum aber nicht mehr genau erinnern. Weit hinter den Wohnhäusern und Strommasten ragte schemenhaft aus dem Nebel ein Turm. In den Stein des Turmes, der wahrscheinlich schon seit Jahrhunderten dort stand, waren geometrische Muster eingeritzt. Ein unerschütterliches, zum Himmel aufragendes Monument.

Ich rauchte zwei Zigaretten und dachte an Ishikawa. Vielleicht hätte Tachibana mir bei unserem zufälligen Wiedersehen mehr erzählt, wenn ich insistiert hätte; aber ich misstraute ihm, wollte mich von seinen Lügen nicht manipulieren lassen. Dort, wo Ishikawas Büro gewesen war, gab es jetzt einen Schönheitssalon.

Plötzlich wurde mir eng in der Brust. Mich überkam das unwiderstehliche Bedürfnis, unter die Leute zu gehen… Die Lounge irgendeines Nobelhotels? Ein teures Modegeschäft? Der Haneda-Flughafen, wo ich schon mal hinwollte? Ich konnte mich nicht entscheiden. In der Hoffnung, es würde sich unterwegs von allein ergeben, öffnete ich die Tür und trat in den Korridor hinaus, dessen Wände von Rissen durchzogen waren. Da hockte der Junge am Boden. Seine Erscheinung verschmolz mit der Atmosphäre dieses schäbigen Ortes. Benommen schaute er zu mir auf. Er schien schon länger gewartet haben.

»Was machst du hier?«

Er antwortete nicht. Ich wusste, dass er mir nach dem Supermarkt gefolgt war; aber bis vor die Tür – das hatte ich nicht erwartet.

In der Hand hielt er eine braune Tüte, größer als die vom Vortag. Doch die Tüte war nicht das eigentliche Problem. Das würde hoffentlich auch ihm klar sein.

»Was willst du denn jetzt?«

Er reichte mir etwas. Es war ein Werbezettel. Auf dessen Rückseite stand in ungelenker Schrift:

300 g Schweinefleisch
Ingwer
Kopfsalat
Lotoswurzel
Karotten
3 x Super Dry 500 ml
geschnittener Tintenfisch
Instant-Nudeln (was du magst)

Vielleicht wollte sie etwas für einen ihrer männlichen Besucher kochen, wer weiß.

»Unmöglich, zum Stehlen nicht geeignet. Nimm Konserven, und wenn Gemüse, dann eingelegtes in kleineren Beuteln. Solche Sachen.«

Der Junge trug wieder seine kurze blaue Hose und die abgewetzte grüne Jacke. Unaufhörlich kratzte er sich mit der rechten Hand am Bein. War es die Kälte oder eine ihm unbewusste Bewegung, die zum Tick geworden war? Wie gebannt schaute ich auf den Arm, der nicht ruhen wollte. Als ich noch einmal in die Wohnung ging, um eine Tasche zu holen, kam er mit seiner Tüte hinterher. Ishikawa hätte bei diesem Anblick sicher gelacht. Ich versuchte, mir ein Lächeln abzuringen. Wieder draußen, hielt ich nach einem Taxi Ausschau. Als eines vor uns stoppte, machte der Junge zum ersten Mal den Mund auf: »Wohin?«, fragte er mit einer hohen, reinen Stimme, die durch seine Umgebung noch nicht rauh und ruppig geworden war.

»Dieser Supermarkt geht nicht mehr. Die haben ein Auge auf dich. Wir müssen weiter weg.«

Ich nannte dem Fahrer eine Adresse und lehnte mich in den Sitz zurück. Der Junge schaute zum Fenster hinaus, die Lippen fest verschlossen. Er schien die vorüberziehende Landschaft mit den Augen zu verschlingen, als wäre alles ganz neu.

Wir betraten den riesigen Supermarkt im Untergeschoss eines Kaufhauses, schnappten uns einen Einkaufskorb, und los ging's. Ich nahm eine Packung Schweinefleisch, das in Scheiben geschnitten war, und ließ es in meiner schwarzen Tasche verschwinden. Die Tasche hatte einen durch das Muster kaschierten Schlitz, man musste den Reißverschluss nicht öffnen. Der Junge schaute zuerst auf meine Hände, dann auf die Tasche.

»Fass mich hier rechts am Mantel«, sagte ich zu ihm. »Tu so, als wäre ich dein Papa, und bleib an meiner Seite. Dann wird auch die Tasche verdeckt.«

Während ich nach und nach meine Tasche füllte, legten wir zur Täuschung Sachen für den Mittagslunch in den Korb. Die Ladendetektivin war diesmal eine ältere Dame mit Brille. Wie eine normale Kundin schob sie ihren halbvollen Einkaufswagen vor sich her. Da sie stundenlang auf der Pirsch war, lag darin allerdings nichts Frisches oder Verderbliches. Sie hatte eine Frau Mitte vierzig mit braungefärbtem Haar im Visier, die an einem Regal entlangging. Die Schöße ihrer langen weißen Daunenjacke schwangen dabei hin und her.

»Komm, schau mal. Die Frau dort!«

Während sie mit der einen Hand den Einkaufskorb trug, schob sie mit der anderen blitzschnell mehrere Schokoladen in ihre Jackentasche. Diesen

Moment verpasste die Detektivin zwar, ließ die Frau aber nicht aus den Augen, als wäre sie von ihrem Verdacht überzeugt.

Die beiden Frauen verschwanden nacheinander um die Ecke.

»Ich glaube, es ist so etwas wie eine Krankheit«, sagte ich.

»Krankheit?«

»Die Klau-Krankheit. Wenn jemand stiehlt, ohne es zu merken. Solche Leute gibt es.«

Ich versuchte, keine Miene zu verziehen.

»Man nennt es auch frühe Demenz. Doch erklären kann man es sich nicht genau. Ein rätselhaftes Phänomen. Warum folgen Leute dem unbewussten Impuls ihres Gehirns? Warum muss es gerade Diebstahl sein? Vielleicht ist das Verhalten irgendwo tief in unserer Natur verwurzelt … Was meinst du?«

Der Junge machte ein ratloses Gesicht und schüttelte den Kopf.

»Wie auch immer – das ist unsere Chance! Viele Kunden und kein Spion in der Nähe.«

Ich ließ die restlichen Sachen vom Zettel in meine Tasche wandern und legte Bier, Wasser und Schinken in den Einkaufskorb. Dann bezahlten wir und verließen den Laden.

Im Park setzten wir uns auf eine Bank. Ich reichte dem Jungen seinen Lunch. Wortlos begann er zu essen. Von dem Wasser aus der Flasche trank er fast nichts. Reis, Fleisch, Omelett – er stopfte alles so schnell in sich hinein, dass ich meinte, er müsse ersticken.

Ich öffnete das Bier und kaute auf dem Schinken herum. Dunkle Wolken zogen auf und schoben sich immer dichter vor die Sonne. Etwas entfernt scharte sich eine Gruppe Kinder um eine Sitzbank. Jedes spielte für sich mit seiner Spielkonsole, die Augen ausschließlich auf den Bildschirm gerichtet.

»Als Kind musst du dich entscheiden, was du klauen willst«, sagte ich. »Sonst wird es schwierig.«

Der Blick des Jungen wanderte zwischen mir und seinem Essen hin und her.

»Süßigkeiten oder vielleicht noch Saft. Gemüse im Supermarkt geht schon nicht mehr so gut. Zum Beispiel ...«

Ich berührte seine Jacke.

»... könntest du hier an der Innenseite einen Beutel annähen. Dann machst du ein Loch in die Jackentasche, so dass ein Durchgang zum Beutel entsteht. Oder du schneidest außen, unter der Abdeckung, am Reißverschluss entlang auf. Perfekte Tarnung. Alles geht in den Beutel, und du musst nur aufpassen, dass er nicht zu voll wird.«

Der Junge hatte seinen Lunch bereits gegessen.

»Oder eine Tasche. Ein Schulranzen ist zu auffällig. So was wie für den Zusatzunterricht wäre gut. Wenn du sie wie ich mit einem Schlitz präparierst, geht da ziemlich viel rein. Eine andere Möglichkeit wäre das Klauen von … Portemonnaies.«

»Hab ich schon mal gemacht.«

Der Junge sah zu den Kindern mit den Spielkonsolen hinüber, auf der anderen Seite des Parks.

»Als ich mit meiner Mutter in einem vollen Zug war.«

»Wirklich?«

»Das Portemonnaie schaute aus der Tasche heraus … von so 'nem alten Opa. Müsste zu schaffen sein, dachte ich, war mir aber nicht sicher, ob ich das hinkriege. Siebentausend Yen waren drin. Seither hab ich es mehrmals gemacht. Im Zug, allein.«

»Dann zeig mal.«

Ich steckte mir das Portemonnaie in die Gesäßtasche meiner Hose und stand auf. Der Junge stieß mit seinem Körper wie zufällig an mein linkes Bein, verlagerte sein Gewicht nach links und zog mir fast im selben Augenblick mit der rechten Hand das Portemonnaie heraus.

»Hm, gar nicht schlecht, aber hör besser damit auf. Zu mehr als einem kleinen Späßchen taugt das nicht, außerdem hast du keine Übung. Weißt du, eigentlich geht das so, mit zwei oder drei Fingern, Scherengriff. Den Daumen brauchst du nicht. Aber na ja, dir fehlt noch die Kraft, und die Finger sind zu kurz. Da geht's wohl nicht anders.«

Ich trank mein Bier aus.

»Man kann auch Hilfsmittel verwenden… eine Art Angelhaken zum Beispiel, mit dem man das Portemonnaie rausfischt.«

»Hast du so was?«

»Ich arbeite ohne Hilfsmittel. Aber es gibt einen berühmten Taschendieb, der kannte sich damit gut aus.«

»Wer?«

Der Junge schaute mich neugierig an.

»Barrington hieß der Typ. Ein Ire, der vor langer Zeit in England lebte und mit einer Theatertruppe herumreiste. Wenn er bei Adligen oder Reichen eingeladen war, um sie in ihren Schlössern zu unterhalten, hat er die Gelegenheit genutzt und sie nach Lust und Laune bestohlen. Seine Hilfsmittel bastelte er sich selbst und perfektionierte sie. Auch Parlamentsmitglieder und Botschafter trickste er aus, und manchmal verkleidete er sich sogar als Geistlicher. Man nannte ihn den ›Prince of Pickpockets‹. Er muss fabelhaft gewesen sein.«

»Gibt es noch andere?«

»Schon, aber das geht jetzt zu weit.«

»Warum?«

Er sah mich erstaunt an. Dann machte er plötzlich ein verlegenes Gesicht, als hätte er zu viel gesagt – dabei war ich es, der dauernd redete. Seine Beine ragten wie dünne Stecken aus den Hosen, und die Schuhe waren verdreckt.

»Es gab auch einen, der seine Visitenkarte in die gestohlenen Brieftaschen steckte und diese wieder in die Taschen der Besitzer schmuggelte. Dawson hieß er, ein berühmter amerikanischer Taschendieb, ziemlich exzentrisch. Oder Angelillo, ein anderer verrückter Kerl, der hunderttausend Mal zugelangt haben soll. Oder eine Frau namens Emilie. Die wurde wegen Taschendiebstahls verhaftet, und als es zum Prozess kam, hat sie mitten in der Verhandlung dem Richter die Brille von der Nase geklaut. Der ganze Gerichtssaal soll in dröhnendes Gelächter ausgebrochen sein.«

Der Junge lächelte verschmitzt.

»Und in Japan?«

»Koharu… Die war wahnsinnig gut. Früher hatten fast alle Frauen diese Geldbörsen mit Metallverschluss, die sich oben öffnen wie das Maul einer Kröte und zuschnappen. Manche trugen sie an einer Kette um den Hals. Nun, diese Koharu brachte es fertig, einen Mantel oben aufzuknöpfen und aus der Geldbörse, die da am Hals hing, unbemerkt das

Geld rauszufischen. Eine Technik, die ›aushöhlen‹ genannt wird. Nachdem sie die Geldbörse geleert und verschlossen hatte, machte sie auch die Mantelknöpfe wieder zu. Absolut meisterhaft.«

»Die konnte das wirklich?«

»Na klar. Diese Leute lebten im Elend und machten sich auf ihre Weise über die Welt lustig.«

Die Kinder mit den Spielkonsolen schauten plötzlich auf die Uhr, klappten ihre Geräte zu und machten sich auf den Heimweg. Ein junges Pärchen spazierte mit einem Hund vorbei, ein kleines Mädchen an der Hand seiner Mutter zeigte auf uns und sagte etwas.

»Ein anderer hat mal zehn Millionen geholt, an einem einzigen Tag.«

»Zehn Millionen?!«

»Ja, ein Typ, den ich kenne. Er ist tot… wahrscheinlich.«

Der Junge schaute mich an. Ich sah Ishikawa vor mir, wie er im Auto noch genickt hatte, und die roten Schlusslichter des Vans, die sich bald darauf in der Dunkelheit verloren.

»Mit solchen Leuten nimmt es oft ein trauriges Ende. Mach es ihnen nicht nach. Es lohnt sich nicht.«

Ich zeigte ihm die zweihundertzwanzigtausend Yen, die ich dem älteren Ehepaar abgenommen hatte.

»Das geb ich dir alles. Wenn du im Supermarkt wieder etwas stehlen sollst, kauf es mit diesem Geld. Und komm bitte nicht mehr zu mir.«

»Warum nicht?«

»Ich hab zu tun.«

Ich erhob mich von der Bank. Der Junge folgte mir wortlos, mal in kleinerem, mal in größerem Abstand. Auch als wir uns trennten, schwieg er. Zu Hause fühlte ich mich durchgefroren, selbst unter der Bettdecke wurde mir nicht wärmer. Ich hatte mich wohl erkältet. Auf dem Weg in die Apotheke fror es mich noch mehr. Aber ich musste irgendein Medikament nehmen und dann versuchen zu schlafen.

Die nächsten zwei Tage verbrachte ich vor allem im Bett. Ein Klingeln an der Tür riss mich aus dem Schlaf. Ich hatte gerade von Saeko geträumt. Das Klingeln hörte nicht auf. Ich hatte keine Ahnung, ob es früh oder spät am Abend war, und zündete mir erst mal eine Zigarette an. Sie schmeckte nicht. Als ich endlich aufmachte, stand die Mutter des Jungen vor der Tür.

10

Sie trug einen Minirock und schwarze gemusterte Strümpfe. Misstrauisch sah sie mich an, dann wanderte ihr Blick ins Innere meiner Wohnung. Obwohl sie von sich aus hergekommen war, schaute sie unruhig, ja verwirrt um sich. Während ihre Hand am Verschluss der Handtasche herumnestelte, zuckte immer wieder ihr rechtes Auge. Schließlich fand ihr Blick zu mir zurück, forschend, fragend. Dabei sah sie genauso aus wie ihr Sohn.

»Was willst du?!«

»Äh…«

Das Augenlid der Frau zuckte wieder und blieb auf halber Höhe hängen.

»Du… du lebst hier, in dieser Bude?«

»Na und?«

Erst jetzt merkte ich, dass es regnete und die Frau einen Schirm bei sich trug. Draußen überquerte gerade ein Ausländer in durchnässter Arbeitskleidung und mit Kippe im Mundwinkel die spärlich beleuchtete Straße.

»Ich bin gekommen, weil du meinem Kind offenbar Geld gegeben hast ... Hunderttausend Yen!«

Die Sache wurde mir unangenehm.

»Willst du das Geld zurückgeben?«

»Nein, nicht unbedingt. Warum sollte ich? Aber ... Was hat dich bewogen ...«

»Ist doch egal.«

»Da ist doch was faul, oder etwa nicht?«

Sicher war da etwas faul, aber ich konnte nicht glauben, dass sie sich nur deswegen die Mühe gemacht hatte, mich aufzusuchen.

»Mach dir keine Sorgen, geh nach Hause.«

»Lass mich rein ... oder ich schreie!«

Die Frau verzog ihre Mundwinkel zu einem gezwungenen Lächeln. Ich verschwand in meiner Wohnung. Sie folgte mir und zog, etwas vor sich hin murmelnd, ihre Stiefel aus. Das nervöse Zucken ihres Auges erinnerte mich an Saeko. Als sie ihren halblangen weißen Mantel ablegte, kam darunter ein enganliegender weißer Pullover zum Vorschein, der ihre Brust betonte.

Ich schob mit dem Fuß die am Boden verstreuten Klamotten zur Seite und wollte mich setzen, doch die Frau kam mir zuvor und nahm die frei gewordene Stelle für sich in Anspruch. Auf dem Bügelbrett in der Ecke lagen Geldscheine, Münzen,

Zettel, alles durcheinander. Ich ließ mich aufs Bett fallen.

»Sag mal, wovon lebst du eigentlich?« Die Frau erkundete mit neugierigen Blicken das Zimmer.

»Das ist meine Sache. Also, was willst du?«

»Ja eben, ich möchte wissen, warum du ihm hunderttausend Yen gibst? Etwa für …«

»Was denn?«

»Ich meine, du hast doch mit diesem Jungen was angestellt, oder? Wenn ich zur Polizei gehe, kriegst du richtig Ärger.«

Sie gab sich alle Mühe, mich möglichst böse anzustarren. Ich grinste. Um jemanden unter Druck zu setzen, war sie viel zu aufgeregt.

»Das würde ich eher nicht tun.«

»Aber einen Grund muss es ja geben. Du kannst mir nichts vormachen.«

»Er gleicht meinem Sohn – er ist tot«, log ich. Einen Augenblick lang war die Frau verunsichert und schaute weg. Ich redete einfach drauflos.

»Er gleicht ihm aufs Haar … Ich habe Geld, aber wo und wie ich wohne, ist mir egal. Wohnungen wie diese habe ich an verschiedenen Orten in Japan gemietet. Hunderttausend spielen für mich keine Rolle. Als ich gesehen habe, wie der Junge versuchte zu klauen, habe ich ihm das Geld gegeben. Nur eine kleine Spende. Außerdem war ich betrunken. Und überhaupt, wenn du zur Polizei gehst, bist wohl eher du es, die Ärger kriegt.«

»Aber …«

Sie schien über etwas nachzudenken. Sie schaute zu dem Bügelbrett mit dem achtlos hingeworfenen Geld, dann zu dem Schrank mit den Kleidern.

»Du hast ihn also nicht …«

»Nein, hab ich nicht.«

»Aber ich weiß nicht … Na ja, ich war mir sowieso nicht ganz sicher.«

Sie senkte den Blick, dann gab sie sich einen Ruck und sah mir direkt in die Augen, als hätte sie eine Entscheidung getroffen.

»Wenn das so ist … sei bitte mein Kunde. In letzter Zeit läuft das Geschäft nicht mehr besonders. Mein Freund wirft das Geld nur so zum Fenster hinaus, ich sitze echt in der Scheiße. Bis morgen brauche ich Cash. Ich hab damals gesagt, zehntausend wären okay, aber ich brauche mindestens fünfzigtausend … Er sieht doch aus wie dein verstorbenes Kind, oder?«

»Lassen wir das.« Es klang wegwerfend, wenn nicht gar angewidert. Ich wusste selbst nicht recht, warum. Die Frau schaute mich mit leerem Blick an, ihr rechtes Auge zuckte. Sie atmete schwer.

»Soll das ein Witz sein? Willst du mich verarschen?!«, schrie sie mich plötzlich an.

Ich war überrascht, verzog aber keine Miene. Ich wollte mir nichts anmerken lassen. Eine Unmenge Falten erschien auf ihrem Gesicht. Sie verlor die Beherrschung, hämmerte wie verrückt auf den Boden und gab unverständliche Laute von sich. Ich betrachtete sie genauer und hatte den Eindruck, dass Kinn und Schulter im Vergleich zum restlichen Körper zu schmal waren. Ihre Hände und auch ihr Nacken zeigten blaurote Flecken, wie wenn sie gekratzt oder gekniffen worden wäre.

»Du machst dich über mich lustig, ja? Als könntest du mit einem Mädchen, das sich verkauft, keinen Sex haben. Ich mache es ja auch nicht nur zum Vergnügen. Ist das etwa verwerflich? Echt zum Kotzen.«

Während sie so redete, spürte ich, wie sich in mir etwas regte. Mein Atem wurde schneller.

»Nein, das denke ich nicht. Wie sollte ich auch. Kann ein Taschendieb über eine Hure lachen? Schau, ich …«

Erstaunt zog sie ihre Augenbrauen hoch. Ich merkte, dass mein Verhalten etwas seltsam war, steckte mir eine Zigarette an und nahm einen langen, tiefen Zug, um mich zu beruhigen.

»Als Taschendieb habe ich einen Sinn für gewisse Dinge. Wenn der Junge weiter so in Läden klaut, wird er früher oder später erwischt. Dann stehen plötzlich die Bullen vor deiner Tür, und du bekommst noch mehr Probleme. Hör also auf, dein Kind zu nötigen.«

»Aber …«

»Wenn du Geld brauchst, kannst du das hier haben. Etwa zweihunderttausend. Mit ein bisschen Glück hole ich mir das an einem Tag. Aber wie gesagt, lass den Jungen in Ruhe.«

»Im Ernst?!«

Tief in ihren müden Augen fing es an zu leuchten. Langsam drehte sie sich um und starrte ungeniert auf das Geld, als wäre ich nicht da. In dem Moment schien sie wie von einem hellen Licht umgeben. Ihre schmalen Schultern, ihre Kurven, der Glanz ihrer Augen – jäh überkam es mich.

»Zieh dich aus. Ich hab's mir anders überlegt. Als kleine Belohnung.«

Sie schien es zu akzeptieren und lächelte sanft. Dann schaute sie mir in die Augen und sagte: »Okay, ich werde ihn nicht mehr losschicken. Und dafür sorgen, dass er genug zu essen bekommt.«

Ohne zu zögern, kam sie näher, zog den Pullover aus und löste den Verschluss ihres Minirocks. Dann griff sie in ihre Tasche und holte irgendwelche Pillen heraus. »Die sind echt gut!«

Ich wehrte mit der Hand ab. Und noch bevor sie etwas sagen konnte, fügte ich hinzu: »Taschendiebe nehmen keine Drogen.« Was natürlich eine Lüge war.

Ungestüm riss ich sie zu mir aufs Bett. Ich dachte an Saeko. Bis vor vier Jahren hatten wir viel Zeit zusammen verbracht. Sie war verheiratet gewesen und hatte auch ein Kind, aber sie kam oft zu mir und sagte, dass sie die Heirat bereue. Wenn wir miteinander schliefen, weinte sie.

Schluchzen, Keuchen, Zittern ... Sie packte mich am Haar und schob mir immer wieder die Zunge in den Mund. Sie war zierlich und schön. In dem Licht, das sich über sie ergoss, schien jede Stelle ihres Körpers vor Kraft und Leben zu pulsieren. Beim Weinen öffnete sich ihr Mund, als müsse sie etwas hinunterwürgen, und im nächsten Moment brach sie in ein Lachen aus, als würde irgendetwas Unergründliches aus ihr herausdrängen.

»Immer wenn ich mit den Wertvorstellungen gewisser Leute konfrontiert bin, bekomme ich Lust, diese zu zerstören. Warum? Wozu? Ich verstehe selber nicht, was mich da antreibt ... Sag mal, hast du so etwas wie einen Wunsch?«

Saeko schaute mich nie an, wenn sie redete.

»Du bist doch ein Taschendieb, oder? Finde ich cool. Aber ich glaube nicht, dass es dir dabei ums Geld geht.«

»Vielleicht das Ende«, rutschte es mir plötzlich heraus.

»Das Ende?«

»Wenn ich voraussehen könnte, wie das eigene Ende wird. Das Ende von jemandem, der so lebt wie ich. Das ist mein Wunsch.«

Saeko lachte nicht mehr. Stattdessen stieg sie schweigend auf mich, und wir begannen erneut, uns zu lieben.

»Ich habe diesen Traum, sogar tagsüber, wenn ich vor mich hin träume... Es ist immer der gleiche.« Das erzählte mir Saeko etwa einen Monat, bevor sie mich verließ. Wir lagen auf dem Bett eines Hotelzimmers, unter dem Schein einer roten Lampe, hatten keine Lust, uns wieder anzuziehen, und schauten an die Decke. »Ich bin irgendwo tief im Untergrund, eingeschlossen von altem, moderigem Gemäuer, und es ist wahnsinnig feucht... Da drin falle ich und falle, immer tiefer und tiefer, bis es nicht mehr weitergeht. Da ist ein Bett. Ein leeres Bett. Und weil da ein Bett ist, weiß ich, dass es nicht noch tiefer geht, dass ich wirklich ganz unten bin, auf dem Grund. Das Bett hat eine Delle, in die passt mein Körper genau hinein. In dem Moment, wo ich mich reinlege, beginnt die Delle langsam zu schrumpfen, mich zu drücken, wie wenn ein Mann seine Arme um mich schlingt. So von der Bettdelle gedrückt, fühle ich mich geborgen und, wie soll ich sagen, sexuell erregt. Ich vergesse alles, mein Körper fängt an zu glühen, wird heißer und heißer, ein loderndes Feuer. Und dann komme ich und komme, wieder und wieder ... Ich weine, lache, zertrümmere irgendwelche Gegenstände, strecke meine Zunge heraus, und obwohl sich mein Körper ekstatisch aufbäumt und windet, scheint es immer noch nicht genug ... Schließlich verliere ich das Bewusstsein, wache aber gleich wieder auf. Meine Körperkonturen sind verschwommen, ich bin wie grauer Rauch, aber dennoch bei Bewusstsein; so klar und deutlich, bis in die feinsten Partikel hinein, dass es schmerzt. Dann verfärbe ich mich mit der Hitze weiß, und auf einmal erscheint etwas.«

Gebannt schaute ich sie an.

»Es ragt hoch auf und leuchtet. Ich bin irgendwo im Freien, sehe dieses gewaltige Ding vor mir und frage mich, was ist das? Es ist bezaubernd schön, höher als die Wolken, die Spitze unsichtbar. Aber ich weiß: Dorthin kannst du nicht, dieses rauchige, heiße Weiß hier ist dein Höhepunkt. Höhepunkt bedeutet aber nicht, dass ich da auch hinkomme. Vielmehr ist damit, wie soll ich sagen, meine eigene Grenze gemeint ... Es fühlt sich irre gut an. Ich zerstöre alle Werte, alle Konventionen, existiere nur in der Sinnenwelt, werde glühend heiß, bis zur Unerträglichkeit, und erlösche. Es gibt dieses hochaufragende, leuchtende Etwas weit weg von mir, aber glücklich und erfüllt sterbe ich in der Zerstörung. So hoch und schön, wie es ist, musste ich es bewundern, es begehren, denn es verkörperte mein größtes, sehnlichstes Verlangen.«

Vielleicht lag es an den Pillen, die Frau schrie mehrmals hintereinander laut auf und krallte ihre Fingernägel in meinen Rücken, meine Schultern, meinen Bauch. Auch nachdem es vorüber war, züngelte sie in meinem Mund. Ich dachte immer noch an Saeko. »Reale Zerstörung ist nicht so abstrakt«, hatte sie einmal gesagt. »Sie nimmt eine bestimmte, konkrete Form an. Dadurch bekommt sie aber auch etwas Banales.«

Als die Frau endlich von mir abließ, zündete sie sich eine meiner Zigaretten an und nahm einen tiefen Zug. Dann kam sie wieder zu mir und legte ihre Hand auf meine Brust. Es hatte aufgehört zu regnen. Irgendwo heulte eine Sirene. Sonst war es still.

»Und, sehen wir uns wieder?«, fragte sie und strich mit ihrer Nasenspitze über meine Schulter. »So viel Geld brauchst du mir nicht mehr zu geben. Mit weniger bin ich auch zufrieden.«

»Nein …«

»War's denn nicht gut?«

Ihre Stimme wurde etwas lauter. Einen Augenblick lang schien sie mit Saekos Stimme zu verschmelzen, und ich schaute weg.

»Ich bin sicher, es war gut, oder?«

»Darum geht es nicht. Du weißt, dass es heißt, die Prostitution sei das älteste Gewerbe der Welt?«

»Das älteste? Hm … Und das zweitälteste?«

»Diebstahl. Wirklich, kein Scherz.«

»Stehlen … Das ist ein Beruf?«

Ich grinste.

»Weiß ich nicht, aber wenn du dein Leben ruinieren willst, mach es allein und hör auf, den Jungen mit reinzuziehen.«

Das Sirenengeheul wurde immer lauter und verstummte plötzlich ganz in der Nähe.

»Gut, ich werde ihn nicht mehr stehlen lassen. Und wenn mein Freund zu mir kommt, schicke ich ihn nach draußen. Recht so? Weil … Er schlägt ihn manchmal.«

»Schlägt ihn?«

»Nur so 'n bisschen, ein paar Klapse, wenn er betrunken ist.«

»Ladendiebstahl jedenfalls …«

»Verstanden. Aber wir sehen uns wieder, ja?«

Sie warf einen Blick auf ihre Uhr, zog sich an und nahm das Geld.

Kaum war ich allein, versank ich wieder in Gedanken an Saeko. Als sie mir damals sagte, wir könnten uns nicht mehr sehen, weinte sie.

»In meinem Leben ist ja schon genug Mist passiert, aber wenn ich mal wirklich in der Scheiße sitze und da nicht mehr rauskomme, wenn ich total am Ende bin – sehen wir uns dann wieder?«

Sie wirkte sehr ernst. Ich schaute sie unverwandt an, wollte in ihre Augen sehen, solange es möglich war.

»Wenn wir uns das nächste Mal sehen«, sagte ich, »wird es mir auch dreckig gehen … Mindestens so wie dir.«

Saeko lächelte schwach.

»Schön, das tröstet mich ein wenig. Weil du auf niemanden herabsiehst, egal, wer es ist.«

Doch sie starb, ohne dass ich noch einmal von ihr gehört hätte. Eines Tages war sie verschwunden. Ihr Ehemann fand sie mit einer Überdosis Drogen im Blut. Sie hinterließ keinen Abschiedsbrief.

An dem Abend, als ich von ihrem Tod erfuhr, ging ich in die Stadt und erbeutete wahllos, was mir in die Hände fiel. Ich tauchte in der Menschenmenge unter, klaute von Arm oder Reich Portemonnaies und Handys, ja sogar Taschentücher, Kaugummis, Quittungen. Atemlos, mit fiebriger Anspannung und unersättlicher Lust leerte ich die Taschen der Leute. Hoch über mir leuchtete weiß der Mond.

11

Es kam mir vor, als hätte ich die Wohnung seit Ewigkeiten nicht mehr verlassen. Der Wind trieb feinen Regen vor sich her, um mich herum verschwamm alles, wie im Nebel. Ich ging an einer Gruppe Ausländern in Arbeitskleidung vorbei, dann an einem laut telefonierenden Mädchen im superkurzen Mini. Ich merkte, dass der Junge mir wieder folgte, versuchte es aber zu ignorieren. Wenn ich ihn nicht beachte, wird er es irgendwann aufgeben, dachte ich. Ohne besonderen Grund umklammerte ich mein Handy in der Manteltasche, zog am Automaten einen Dosenkaffee und wärmte mir damit die Hände. Das Fieber war gesunken, aber der Kopf schmerzte noch. Während ich den Kaffee trank, dachte ich über mein heutiges Ausflugsziel nach.

Besser als der Haneda-Flughafen schien mir ein nahegelegenes Hotel oder irgendeine Veranstaltung, wo ich mich unter die Besucher mischen konnte. Ich ging in einen 24-Stunden-Shop und kaufte eine Zeitschrift, um mich über aktuelle Events zu informieren. Als ich mit meiner Tüte aus dem Laden trat, stand der Junge hinter einem geparkten Kleinlaster mit schlammbeschmutzten Reifen. Ich verzog mich in ein Café, das schon bessere Zeiten gesehen hatte. Drinnen war es schummrig und feucht, die Decke fiel einem fast auf den Kopf. Obwohl ich gerade erst einen getrunken hatte, bestellte ich wieder Kaffee.

Die Bedienung trug einen kurzen Rock und schwarze Strümpfe. Ich dachte an die Mutter des Jungen. In dem Moment betrat er das Café. Von dem Nieselregen war die Glastür beschlagen. Wie ich hatte er keinen Schirm dabei.

Er setzte sich zu mir an den Tisch und bestellte bei der lächelnden Frau mit dem kurzen Rock einen Orangensaft. Ich musterte seine schmutzigen Kleider und zündete mir eine Zigarette an.

»Geh nach Hause.«

Er antwortete nicht. Dann sagte er mit leiser Stimme, als wolle er mir etwas anvertrauen: »Sie hat mein Geld genommen.«

»Ach, wirklich?«

»Aber nur hunderttausend. Mehr hat sie nicht gefunden. Den Rest hab ich noch, hundertzwanzigtausend.«

»Aha.«

Als der Saft kam, steckte er sich den Strohhalm

in den Mund und machte ein andächtiges Gesicht, als wäre das Getränk etwas sehr Kostbares.

»Es reicht jetzt«, sagte ich. »Geh nach Hause. Ich hab zu tun.«

Unbeirrt saugte er am Halm, schien nur an seinen Orangensaft zu denken.

»Zeig mir, wie's geht.«

»Nein, hab ich gesagt. Du störst nur dabei.«

Er trank den Saft leer. Dann schaute er auf meinen Kaffee und fing an, mit der Hülle des Strohhalms herumzuspielen.

»Ich werde aus der Ferne zuschauen. Das stört doch nicht, oder?«

»Es bleibt bei nein.«

»Warum? Wenn ich Abstand halte, komme ich dir nicht in die Quere.«

Der Junge war jetzt viel gesprächiger als früher.

»Wenn du nicht zu Hause sein magst, kannst du in die Bibliothek gehen und dort lesen.«

»Hast du es mit meiner Mama gemacht?«

Die schummrige Deckenbeleuchtung spiegelte sich in dem Glas Wasser, das vor mir stand. Die Frage überraschte mich, aber ich versuchte, mir nichts anmerken zu lassen. Ich holte langsam Luft.

»Hör mal, du verstehst das sicher. Ich bin nicht dein Retter oder Erlöser. Und wenn es um Frauen geht, bin ich wie alle anderen Männer.«

»Ist okay, damit hab ich kein Problem.«

Er schaute auf die Hülle, mit der er immer noch spielte.

»Ich weiß, wie's geht. Hab schon zugeguckt.«

»Ich wette, du magst es nicht, oder?«

»Stimmt, ist ziemlich eklig, aber ...«

Er kratzte sich am Oberschenkel und brach den angefangenen Satz ab, als hätte er es sich anders überlegt. Er stocherte mit dem Strohhalm in seinem Glas herum und schlürfte das Wasser der geschmolzenen Eiswürfel. Aus dem Lautsprecher rieselte Weihnachtsmusik.

»Besser du als dieser Typ.«

»Vergiss es.«

»Mama findest du also ...«

»Was ist mit deinem Vater?«

»Den kenne ich nicht.«

Mir war schleierhaft, warum ich dem Jungen überhaupt Fragen stellte. Ich bezahlte und ging. Der Junge blieb bei mir.

Am Bahnhof Shinjuku nahmen wir den Ostausgang. Es wimmelte von Menschen. Wir blieben etwas am Rand und schlenderten unter den Neonlichtern des Vergnügungsviertels dahin. Ich lehnte mich an eine Hauswand und steckte mir eine Zigarette an. Ein Obdachloser kam auf mich zu, unsere Blicke begegneten sich. Ängstlich rückte der Junge näher an mich heran, wollte sogar meinen Ärmel fassen, ließ es dann aber sein. Während ich meine Zigarette rauchte, schaute ich den Menschen zu, die an uns vorbeiströmten.

»Menschen sind nicht immer konzentriert. An einem einzigen Tag lassen sie sich unzählige Male ablenken, sind zerstreut oder unaufmerksam.«

»Hm.«

Der Junge hielt den farbigen Pappuntersetzer aus dem Café in der Hand, den er, aus welchem Grund auch immer, mitgenommen hatte.

»Wenn jemand ihren Namen ruft oder plötzlich großer Lärm zu hören ist, reagieren die meisten. Sie werden abgelenkt, so wie du durch den Penner vorhin. Unsere Wahrnehmung ist begrenzt. Wenn wir zum Beispiel einatmen oder den Atem anhalten, sind wir aufmerksamer; beim Ausatmen hingegen lässt die Aufmerksamkeit nach, weil wir uns entspannen.«

Der Junge blickte auf meinen Ärmel.

»Taschendiebe wissen das und nutzen es gezielt. Die klassische Methode ist, das Portemonnaie in dem Moment zu nehmen, wo du schubst. Aber eigentlich macht man es nicht allein. Man hat Helfer, in der Regel drei. Der sogenannte Rempler, der das Opfer ablenkt, der Abdecker, der die Szene im entscheidenden Augenblick abschirmt, sowie der Zieher, der zugreift. Rempeln bedeutet aber nicht, das Opfer möglichst fest anzustoßen; es genügt, leicht die Schulter zu berühren. In einem Gedränge wie hier, wenn die Person vor dir plötzlich stehen bleibt, kommst du aus dem Tritt, verlierst kurz das Gleichgewicht. Ja? Das reicht schon. Der Zieher ist derjenige, der die Blicke von links abschirmt. Die Blicke von rechts und hinten schirmt der Abdecker ab. Sobald der Zieher zugegriffen hat, wandert die Beute zum Abdecker. So erwischt dich keiner.«

Vor seinem Etablissement bedrängte ein schmieriger, zudringlicher Gigolo eine Passantin, die am Telefon mit jemandem sprach. Der junge Mann mit dem künstlich gebräunten Gesicht wirkte so abstoßend, dass es einem schier den Atem verschlug.

»Wenn du zu fünft arbeitest, fangen zwei absichtlich einen Streit an, und während die Leute stehen bleiben und hingucken, schnappen sich die anderen drei deren Portemonnaies. Ich habe auch schon gehört, dass sich Straßenkünstler und Taschendiebe zusammentun. Vor langer Zeit habe ich mit dem Typ zusammengearbeitet, der sich an einem Tag zehn Millionen geholt hat. Ich hab dir von ihm erzählt, erinnerst du dich? Wir waren damals ziemlich erfinderisch … Er tat so, als wäre er betrunken, und hängte sich lallend an den Hals von jemandem. Ich tat so, als wolle ich ihn daran hindern, und griff zu.

Oder ich stellte jemandem ein Bein und rannte weg, während mein Komplize dem Gestürzten aufhalf und ihm dabei das Portemonnaie abnahm. Es kam auch vor, dass wir einen Penner dafür bezahlten, mitten im Gewühl laut zu rufen: ›Achtung, Taschendieb!‹ Instinktiv kontrolliert jeder mit einer Handbewegung, ob das Portemonnaie noch da ist, und verrät dadurch den Ort. Das hat uns die Sache leicht gemacht... Na ja, für einen Jungen wie dich sind Portemonnaies in Innentaschen unerreichbar. Bleiben die hinteren Hosentaschen, das geht. Ich selbst arbeite nicht so, aber du könntest zum Beispiel ein kleines Messerchen verwenden. Wenn du unten die Naht aufschneidest, fällt das Portemonnaie allein durch seine Schwerkraft heraus. Wie auch immer – zuerst musst du wissen, wie du dein Opfer ablenkst. Das ist entscheidend.«

Ich marschierte los, der Junge hinter mir her.

»Also nur dieses eine Mal – bleib da stehen!«

Ich folgte dem hässlichen Gigolo mit dem Blick.

»Der trägt das Portemonnaie in der Hosentasche hinten rechts. Ich werde jetzt dicht an ihn herangehen, ihm auf den Schuhabsatz treten, so dass er ins Stolpern kommt. Ich bewege mich mit ihm und ziehe zugleich das Portemonnaie raus. Natürlich ist das Timing entscheidend. Man muss den Absatz genau dann erwischen, wenn der Fuß sich hebt für den nächsten Schritt. In den meisten Fällen kippen die Leute vornüber oder straucheln sogar. Mit dem eigenen Mantel schirmst du das Geschehen vor unerwünschten Blicken ab.«

Ich knöpfte meinen Mantel auf und näherte mich dem Gigolo. Er scannte sein Revier, entdeckte eine aufgetakelte junge Frau und folgte ihr. Ich heftete mich an seine Fersen, öffnete ein wenig den Mantel, um gegen links abzuschirmen, vergewisserte mich mit einem Blick nach rechts, dass niemand in der Nähe war, trat auf seinen rechten Absatz, nahm das Portemonnaie in die Fingerschere und zog es in dem Moment, wo er das Gleichgewicht verlor und ich mich seiner Bewegung geschmeidig anpasste, aus der Hosentasche. Schnell ließ ich das Portemonnaie im rechten Ärmel meines Mantels verschwinden. Er, der fast hingefallen war, drehte sich fluchend zu mir um. Ich entschuldigte mich kurz und ging weiter, als hätte ich es eilig. Er wollte etwas sagen, doch da besann er sich wieder auf die junge Frau und eilte ihr hinterher. Mit der Beute im Ärmel bog ich in die nächste Seitenstraße. Da kam auch schon der Junge angerannt.

»Hast du's?«

Es war ein klassisches braunes Louis-Vuitton-Portemonnaie.

»Achttausend Yen… Wow, großartiger Fang. Das

Portemonnaie entsorgen wir hier irgendwo in einem Gully.«

»Leider hab ich es nicht genau gesehen. Aber das mit der Bewegung, dass alles zusammenpassen muss – ich glaub, das hab ich jetzt kapiert.«

»Wirklich?«

Der Junge nickte überzeugt.

»Da du noch klein bist, ist es vielleicht besser, wenn du in die Person reinrennst, wie es bei Kindern eben vorkommt. Und in dem Moment, wo du den Körper berührst, greifst du dir das Portemonnaie. Dann sagst du sorry und rennst einfach weiter. Im Zug kannst du nicht fliehen, wenn dich einer sieht.«

»Das würde ich gern mal ausprobieren.«

»Nein, kommt nicht in Frage. Oder … na gut, versuch's mal an mir.«

Im nahegelegenen Marui-Kaufhaus gab es Toiletten. Dort stellten wir uns vor den Spiegel. Ich zog den Mantel aus, steckte mein Portemonnaie in die Gesäßtasche. Der Junge stieß mich an, und weg war mein Portemonnaie. Er hielt es zwischen Zeige-, Ring- und Mittelfinger.

»Versuch's noch mal.«

Er wiederholte die Bewegungen. Es stimmte fast alles. Der Moment, in dem ich die Balance verlor, der Moment, in dem er zugriff. Er war ungefähr so schnell wie ich in seinem Alter. Wenn ihm kein Fehler unterlief, würde er sich nicht verraten.

»Hoffnungsloser Fall«, sagte ich.

In den Straßen herrschte jetzt noch dichteres Gedränge. Als mir gerade der Gedanke kam, dem Jungen neue Kleider zu kaufen, murmelte er etwas von nach Hause gehen. Ich dachte, er würde schmollen, aber dann sagte er ungerührt, wenn er nicht rechtzeitig nach Hause komme, gebe es Schläge.

»Von der Mutter?«

»Von dem Typen, der immer zu uns kommt.«

Er schaute mich ruhig an.

»Manchmal, wenn er betrunken ist. Er sucht dann eigentlich nur einen Vorwand, um sich zu ärgern. Also besser, wenn ich ...«

Ich hielt ein Taxi an und gab ihm die achttausend Yen, die ich dem Gigolo abgenommen hatte. Bevor sich die Tür schloss, fragte der Junge mit zaghafter Stimme, ob er mich wiedersehen dürfe. Als ich antwortete, selbst wenn ich nein sagte, würde ihn das wohl kaum davon abhalten, nickte er, und in seinen Mundwinkeln erschien ein kurzes Lächeln.

Ich schaute dem Taxi hinterher und dachte, dass der Typ wissen musste, welcher Beschäftigung sie nachging. Vielleicht war sogar er es, der sie dazu anhielt. Im Schaufenster eines Kaufhauses war die adrett hergerichtete Ankleidepuppe eines Kindes ausgestellt. Ich überlegte, ob ich das Kleiderensemble auf gut Glück kaufen sollte, da sah ich auf der anderen Seite der Straße einen Mann, der sehr wohlhabend wirkte. Ich hatte kein Geld in der Tasche, daher kam er mir wie gerufen.

Plötzlich musste ich an Saeko denken. Was aus ihrem Kind wohl geworden war? Wahrscheinlich war es etwa gleich alt wie der Junge. Ich beeilte mich, den Mann frontal zu erwischen, stieß ihn leicht an und langte nach dem Portemonnaie. Vielleicht war es besser, dem Jungen nicht jenes teure Ensemble zu kaufen, sondern verschiedene Sachen, die er nach Belieben wechseln konnte. Mein Herz gefror, als eine Hand mich packte. Eine Sekunde lang verstand ich nicht, was geschehen war. Instinktiv wollte ich fliehen, aber der Griff der Finger war zu kräftig. Mein Handgelenk war wie in einem Schraubstock gefangen, mein Körper wie gelähmt. Die Menschen strömten an uns vorbei und bemerkten nichts. Bunte Neonlichter, Autoschlangen, hochaufragende Häuser – und direkt vor mir, meine Hand umklammernd, Kizaki. Er trug eine Sonnenbrille, die Miene ausdruckslos, das Haar unnatürlich kurz. Die Narbe am Hals war seltsamerweise verschwunden. Inmitten des Gewimmels von Menschen, die uns kaum beachteten und einfach weitergingen, starrte ich ihn an, unfähig, meinen Blick von ihm abzuwenden.

»Lange nicht gesehen … Das heißt, ich dich schon. Ich habe dich stets im Auge behalten.«

Vergeblich versuchte ich, meinen keuchenden Atem unter Kontrolle zu bringen. Ich verstand nicht, warum dieser Mann hier war.

»Niimi hat es ja gesagt … Dass ihr euch nur an Reiche heranmacht. Ich habe dich von weitem gesehen und bin absichtlich auf dich zugelaufen. Hat wunderbar geklappt, alle Achtung. Und keine Frage, ich bin hier die reichste Person.«

12

Mit eisernem Griff steuerte er mich durch das Gewühl von Kabukichō*. Wir ließen die Glitzerwelt hinter uns und betraten ein unscheinbares, im Schatten gelegenes Gebäude. Der Griff war so fest, dass es aussichtslos war, mich zu wehren. Und warum sollte ich? Die Gefahr wäre nur noch größer, dachte ich, als wir die dunklen Treppen hinaufstiegen. Die betonierten Treppenabsätze waren mit Sand und Erde beschmutzt, die grauen Wände schmierig, an einigen Stellen fast schwarz. Der Ausgang lag schon tief unter uns. Hinter einer Tür ohne Namensschild oder sonstigem Hinweis befand sich eine zweite, schwarze Tür aus Stahl. Als sie sich öffnete, flutete uns durchdringender Lärm und purpurrotes Licht entgegen. Im Schein der aphrodisischen Beleuchtung erblickte ich Knäuel von Männern und Frauen. Sie wanden und wälzten sich auf dem Boden, auf Sofas und Tischen, nackt. Auf einem

* Rotlichtviertel in Tokios Stadtteil Shinjuku (A. d. Ü.)

Tisch spreizte eine Frau ihre Schenkel, zwischen die ein alter Mann sein Gesicht vergrub. Die pumpenden Bewegungen eines jungen Mannes brachten seine Mieze so sehr in Verzückung, dass sie spitze Lustschreie ausstieß. Mehrere Paare vögelten auf Sofas, die Zungen ineinander verschlungen. Ohne seinen Griff zu lockern, führte mich Kizaki durch diese Orgie stöhnender, zuckender Leiber. Mein Blick traf sich mit dem einer Frau, die gerade einen Penis lutschte. Hinter ihr fummelten zwei gutaussehende Typen lüstern an einer Frau herum, ihr Mund weit offen. Ein Mann in Kellnerkleidung trat hinter der Theke hervor und ging uns schweigend voraus, ohne dem Treiben auch nur die geringste Beachtung zu schenken. Eine Frau tappte wie ein Hund auf allen vieren, griff nach meinem Bein und lallte etwas. Ich riss mich los, doch schien ihr weder bewusst zu sein, dass sie jemanden am Bein gepackt hatte, noch, dass sie abgeschüttelt wurde. Ausgestreckt am Boden lag eine ins Leere starrende Frau, daneben ein muskulöser, gutaussehender Typ, als hätte ihn jemand k.o. geschlagen. Ein Mann hatte eine Frau so im Würgegriff, dass ihr Kopf weit nach hinten hing. Wir gingen an ihnen vorbei. Ein Mann ließ sich von einem Mädchen den Körper ablecken, während eine Frau sich wie in Ekstase am Boden wand. Hinter ihr war eine Tür. Ich wusste nicht, warum, aber der Gedanke, dass Ishikawa hier sein könnte, ließ mich nicht los. Der Kellner öffnete die Tür, führte uns durch einen schmalen Flur, an dessen Ende eine weitere Tür war. Dann standen wir in einem engen Kabuff mit zwei Sofas und silberfarbenem Tischchen in der Mitte. Außer einem schemenhaften impressionistischen Gartenbild waren die Wände kahl.

»Etwas zu trinken?«, fragte der Kellner seelenruhig, als wäre alles, was wir gesehen hatten, völlig normal.

»Nein danke.«

»Also dann ein Wasser. Und das Übliche.«

Der Kellner verbeugte sich tief und ging hinaus. Die Tür fiel ins Schloss. Totenstille. In meinen Ohren pfiff es, ein hoher, durchdringender Ton, wie wenn mich jemand von fern rufen würde.

»Das hier ist die Hölle. Faszinierend, findest du nicht?«

Kizaki fingerte eine Zigarette aus der Schachtel und klemmte sie sich zwischen die Zähne.

»Aber es ist eine sichere Hölle. Da dürfen nur Leute rein, die sich auf Geschlechtskrankheiten haben untersuchen lassen. Wenn du allerdings einmal drin bist, gibt's kein Entkommen mehr. Weil es eben die Hölle ist. Ich wüsste von niemandem, der nicht zurückgekommen wäre.«

Es klopfte an die Tür, und der Kellner trat herein. Er stellte ein hohes schmales Glas mit eingraviertem Spiralmuster, eine whiskyähnliche Flüssigkeit in einer Flasche, ein durchsichtiges Glas und eine Karaffe mit Wasser auf den Tisch. Als der Kellner verschwand, wurde es wieder still.

Der Mann lächelte schweigend und begann an seinem Getränk zu nippen. Ich linderte das Kratzen meiner trockenen Kehle mit kleinen Schlucken Wasser. Er schaute mich unverwandt an, seine Finger trommelten auf den Tisch.

»Das war wohl kein Zufall, oder?« Meine Stimme klang heiser, trotz des Wassers. Die Muskeln an der Rückseite meiner Oberarme wurden wie gefühllos.

»Natürlich nicht. Ich weiß schon seit langem, dass du wieder in Tokio bist.«

»Woher?«

»Von Tachibana. Aber auch ohne ihn hätte ich es erfahren. Weil ich dich nämlich unbedingt sprechen wollte. Einer meiner Untergebenen hat mich informiert, dass du dich gerade in Shinjuku herumtreibst. Und tatsächlich, als ich zum Fenster hinaussah, warst du da. Ich begab mich in deine Nähe, und dann kamst du auf mich zu, wie ein echter Taschendieb. Brillant.«

»Und Ishikawa?«

»Spurlos verschwunden. Für immer.«

Ich spürte einen stechenden Schmerz in der Brust.

»Außer seinen Zähnen, um es genau zu sagen. Den Körper haben wir verbrannt, inklusive Knochen. Aus denen ist weißes Mehl geworden. Die Zähne wurden wohl irgendwo in der Bucht von Tokio entsorgt. Es wäre zu viel Arbeit gewesen, die zu zertrümmern. Wir haben ihn also nicht verbuddelt, sondern wirklich verschwinden lassen.«

»Das heißt, ich werde auch verschwinden?«

»Mann, hast du's noch nicht kapiert?! Dass ich dich leben lassen will? Du kannst mir nützlich sein und mich zugleich ein wenig unterhalten ... Er wusste leider zu viel. Das hat er dir vielleicht nicht gesagt. Ich hab ihn noch bei dem Raub mithelfen lassen, und das war's dann.«

Mein Körper erschlaffte. Einen Moment lang wusste ich nicht mehr, wo ich hinschauen sollte. Verborgen von der Sonnenbrille schien mich Kizakis Blick zu durchbohren.

»Warum ...«

»Was?«

»Warum habt ihr den Einbruch bei dem Alten nicht allein gemacht? Ohne uns?«

Er wischte sich mit den Fingern über die Lippen. Sogar Typen wie er wischen sich die Lippen, dachte ich.

»Für den höchst unwahrscheinlichen, aber doch

möglichen Fall, dass etwas schiefgeht und die Polizei nicht an die Finte mit der chinesischen Gang glaubt... In diesem Fall wären einige Leichen notwendig gewesen. Leichen von Einbrechern. Wir wollten die Bullen überlisten, indem ihr als eigene fiktive Bande erscheinen solltet, die für eine andere, von uns völlig getrennte Organisation arbeitet. Wenn wir Leute umbringen, mit denen wir schon mal was zu tun hatten, führen die Spuren früher oder später zu mir. Na ja, nicht ganz zu mir, aber in mein Umfeld. Jedenfalls nahe genug. Wenn ihr aber tot wärt, so unser Kalkül, würden die Bullen brav die von uns gelegte Fährte verfolgen. Weißt du, warum?«

Ich schwieg.

»Weil ihr alle keine Familie habt. Weil ihr allein seid auf dieser Welt und es kein Schwein kümmert, ob ihr tot seid oder lebendig. Es wäre schwierig, euch zu identifizieren, und mit nichts in der Hand, was sie weiterbringt, würden die Bullen ratlos unser Spiel mitspielen und sich mit den fingierten Indizien zufriedengeben. Deshalb brauchten wir damals freie, ungebundene Leute. Na ja, frei, wie ihr wart, hättet ihr natürlich auch versuchen können abzuhauen. Diese Freiheit hattet ihr.«

»Damals«, meine Stimme zitterte ein wenig, »da ging es nicht in erster Linie um Raub, oder? Vielleicht wolltet ihr das Geld und auch die Papiere, aber das eigentliche Ziel war Mord.«

»So ist es. Und doch ein wenig anders.«

Er nahm einen Schluck aus seinem Glas und fuhr lächelnd fort: »Ich wollte, dass Öffentlichkeit und Medien denken, es wäre ein Unfall gewesen. Ein Überfall mit ungewollt tödlichem Ausgang, sozusagen. Aber ein paar Leute wussten genau: Der Tod dieses Politikers trägt meine Handschrift. Das ist der Punkt. Es geht mir nicht nur darum, gewissen Leuten zu sagen: ›Wenn du mich provozierst, mach ich dich kalt.‹ Es geht auch um das Wie. Rabiate, rüpelhafte Methoden versuche ich zu vermeiden. Jemanden vor den Zug zu stoßen oder mit der Knarre niederzuschießen – das wäre offensichtlicher Mord. Nein, vor den Augen der Welt soll es wie ein Unglück erscheinen, als wäre die Person zufällig Opfer eines Raubüberfalls geworden und dummerweise dabei umgekommen. Du musst Angst einjagen … Manche meinen, ich sei so mächtig, dass sogar die chinesische Mafia für mich arbeitet; andere denken, mein System sei so raffiniert, dass ich den Eindruck erwecken kann, die chinesische Mafia sei am Werk gewesen … Beides ist gut, weil es zeigt: Die Leute haben Angst vor mir.«

Er benetzte seine Lippen am Glas und strich mit der Zunge über die Innenseiten seiner Wangen.

»Jener Politiker war nur eine Marionette von Leuten der Unterwelt, die die Fäden ziehen. Er stand uns im Weg. Sein Tod machte gewisse Leute nervös, die nicht mit uns ins Geschäft kommen wollten. Jetzt zeigen sie sich willig. Natürlich haben sie über den Vorfall kein Wort verloren. Stattdessen tischten sie die billigsten Ausreden auf: Der Boss habe endlich eingewilligt, oder Profit sei halt doch das Wichtigste. Außerdem gab es einige Hindernisse, die die Geschäfte erschwerten. Wir mussten in den Besitz der Papiere gelangen, um sie zu beseitigen. Dass durch unsere Aktion einige Leute sterben würden, war mir klar. Wenn du diese Figur wegnimmst, geschieht das; wenn sich jene Figur bewegt, passiert das und das … Es ist ein Spiel mit bestimmten Regeln. Im Vergleich zu dem Profit, den wir gemacht haben, war euer Lohn ein kümmerlicher Klacks. Es geht aber nicht allein um Profit, sondern auch um Macht. Für mich war diese Angelegenheit nur ein kleines Nebengeschäft, verstehst du? Nichts von Bedeutung.«

»Warum hast du mich am Leben gelassen?«

»Weil ich keinen Grund hatte, dich zu töten. Ich hab dir doch gesagt, du könntest mir nützlich sein. Zwei Taschendiebe brauche ich allerdings nicht. Wärst du nicht aufgetaucht, wäre Niimi vielleicht noch am Leben. Na ja, hängt alles von meiner Laune ab … Und jetzt möchte ich, dass du etwas für mich erledigst.«

Er schaute mir ins Gesicht. Ich spannte meine Beinmuskeln an, um sofort aufspringen zu können.

»Ich werde es nicht tun.«

Meine Kehle war wie zugeschnürt. Als ich sah, wie er langsam Atem holte, wollte ich aufstehen. Da sagte er: »Du hast dich doch neulich mit einem kleinen Jungen angefreundet … Hast du mit seiner Mutter schon geschlafen?«

Hinter den Gläsern der Sonnenbrille konnte ich schwach seine Augen sehen.

»Etwas plump, diese Art von Einschüchterung, findest du nicht?«

»Aber immer noch sehr wirkungsvoll«, entgegnete er laut lachend. »Du und Niimi, wie blöd seid ihr eigentlich?! Obwohl ihr euch für ein Leben als Gangster entschieden habt, werdet ihr anhänglich. Idiotischer geht's nicht. Ihr hättet frei bleiben sollen, wirklich frei. Soll ich dir was sagen? Der Grund, warum Niimi damals nicht abgehauen ist, warst du.«

»Niimi hat das …«

»Ja. Ich habe ihn vor die Wahl gestellt: Entweder ihr macht beide mit, oder ihr seid beide tot, wenn der eine oder andere zu kneifen versucht. Hätte er nur an sich gedacht, wäre er wohl abgehauen – im Wissen, dass er damit dein Leben aufs Spiel setzt.«

Ich wollte mir eine Zigarette anzünden und registrierte eine Sekunde später, dass im Aschenbecher noch eine lag und brannte. Kizaki starrte auf den Rauch, der von der Zigarette aufstieg.

»Um zur Sache zu kommen: Von jetzt an arbeitest du für mich. Weigern würde ich mich nicht, weil dann die Mutter und das Kind dran glauben müssen. Das ist dein Schicksal. Schicksal ist wie das Verhältnis zwischen Topdog und Underdog, findest du nicht? Die Religion ist ein gutes Beispiel. Warum haben die Israeliten, die Jahwe anbeteten, sich vor ihrem Gott gefürchtet? Weil er mächtig war, deswegen. Alle, die an einen Gott glauben, fürchten ihn. Die einen mehr, die anderen weniger. Eben weil er in ihren Augen Macht besitzt.«

Er füllte sich das Glas nach.

»Stell dir vor, dieser Gott wäre nicht der Schöpfer der Welt, sondern nur ein übermenschliches Wesen mit überirdischen Kräften. Würde sich etwas ändern? Nein. Die Leute würden ihm folgen, ihn verehren und anbeten in der Hoffnung auf ihr eigenes Wohlergehen. Ich erzähle dir jetzt eine Geschichte. Heute bin ich in guter Stimmung!«

Er machte mit seinem Handy einen Anruf. Kurz darauf kam der Kellner und brachte Nachschub –

das gleiche whiskyähnliche Getränk sowie Wasser. Ich hatte es gar nicht bemerkt, aber in meinem Glas war kein einziger Tropfen mehr. Der Kellner bediente uns mit ausdrucksloser Miene, dimmte das Licht, verbeugte sich so tief wie zuvor und ging hinaus. Einen Moment lang drangen die Geräusche von Männern und Frauen zu uns, die sich offenbar immer noch miteinander vergnügten.

»Vor langer Zeit, als die Sklaverei in Frankreich noch weit verbreitet war, lebte dort ein hoher Adliger.«

Er war mittlerweile etwas angetrunken, doch sein dunkler Teint rötete sich nicht. Er hatte sich bequem im Sofa zurückgelehnt, blickte mich vergnügt an und gestikulierte lebhaft mit den Händen.

»Für diesen Adligen, der in einem Schloss residierte, wurde ein dreizehnjähriger schöner Jüngling gekauft. Den Adligen plagte die Langeweile. Er gierte geradezu nach Unterhaltung, wollte sich ergötzen und amüsieren. Für sein ausschweifendes Leben gab er viel Geld aus. Fast jeden Tag schlief er mit mehreren Frauen, er hatte Macht und Ansehen und lebte wie ein König, der sich jeden Wunsch erfüllen kann.«

Er machte eine kurze Pause.

»Der Adlige betrachtete den Jüngling und dachte, dass es reizvoll wäre, seine ganze Zukunft zu bestimmen: Lebensweg, Leid und Freud, den Tod, alles. So wie Gott das Leben von Abraham und Moses bestimmte. Ein ganzes Jahr lang studierte der Adlige Charakterzüge und Fähigkeiten des Jünglings, beobachtete, wie er reagierte, wenn dieses oder jenes mit ihm geschah, um sein Verhalten einschätzen zu können. Dann setzte er sich hin und begann, das Leben dieses Jünglings, so wie er es sich vorstellte, niederzuschreiben. Es dauerte mehrere Tage. Die Notizen waren sozusagen Schicksal. Unveränderlich, unumstößlich. Sein Leben würde genau so verlaufen, wie es im Buch geschrieben stand.«

Orangefarbene Lichtreflexe spiegelten sich auf Kizakis Sonnenbrille.

»Als der Jüngling fünfzehn war, begegnete er einem jungen Mädchen, das er sehr mochte. Doch bevor die beiden sich vermählen konnten, wurde das Mädchen in eine weit entfernte Gegend gebracht. Unter Tränen nahmen sie voneinander Abschied, wie in einem billigen B-Film. Natürlich war es der Adlige gewesen, der das Mädchen dem Jüngling zugeführt und ihm wieder entrissen hatte.

Mit achtzehn durfte der Jüngling für einen Tag seine Eltern – leibeigene Bauern – besuchen, doch just an dem Tag wurde die Familie von Wegelagerern überfallen. Selbstverständlich war auch das auf Anweisung des Adligen geplant worden. Die Eltern des Jünglings wurden vor seinen Augen niedergemetzelt. In der Zwischenzeit soll der Adlige mit klopfendem Herzen auf seinem Sessel hin und her gerutscht sein. Nicht etwa, weil seine abscheuliche Tat ihn selbst erschreckt hätte, nein; weil er sich Sorgen machte, dass die angeheuerten Banditen aus Versehen den Jüngling töten könnten. Der junge Mann war zutiefst erschüttert und rasend vor Wut, in seinem Antlitz erlosch das unschuldige Leuchten.

Dann wurde er aufgefordert, bei der Söldnertruppe des Adligen die Kunst des Schwerts zu erlernen. Ein Sklave kann nicht Ritter werden, aber er kann auf dem Schlachtfeld kämpfen oder sich an der Jagd auf Räuber und Banditen beteiligen. So lernte der Jüngling den Umgang mit dem Schwert. Natürlich tat der Anführer der Söldnertruppe nur, was ihm der Adlige befohlen hatte. Tagsüber diente der Jüngling im Schloss, abends übte er sich in der Schwertkunst, denn seine Wunden, die nie heilen würden, waren sein ganzer Lebensinhalt. So wie der von Gott geprüfte Hiob klagte auch der Jüngling nie: Ach, warum geschieht mir das?! Er wusste nicht, dass sein Herr mit ihm ein raffiniertes, von langer Hand geplantes Spiel trieb. Der Adlige hatte auch viele Episoden im Leben des Jünglings genau aufgeschrieben. Zum Beispiel wurde er von einem

Mädchen, das wie er dem Adligen diente, verführt. Am Ende schliefen sie miteinander. Der Hofmeister sollte ihn hart bestrafen, doch im letzten Moment wurde er begnadigt. Das brachte den Jüngling dazu, seinem Herrn noch ergebener zu dienen. Selbst alltäglichste Begebenheiten hatte der Adlige in seinem Buch festgehalten: Missgeschicke, die dem Jüngling bei der Arbeit widerfuhren, kleine Belohnungen, die er ihm gönnte.

Im Alter von dreiundzwanzig Jahren erreichte er den Höhepunkt seines Lebens. Das heißt, den Höhepunkt im Buch seines Lebens. Er nahm an einer Jagd auf Räuber und Banditen teil und stand plötzlich vor jenem Mann, der seinen Vater und seine Mutter getötet hatte. Der Anführer befahl seinem Schützling, kurzen Prozess mit dem Mörder zu machen. Es müsse ihm doch ein Vergnügen sein? Der Jüngling tötete den Mann wie befohlen, mit Tränen in den Augen.

Mit sechsundzwanzig heiratete er auf höheren Wunsch eine Sklavin. Allerdings war sie ein derart zänkisches Weib, dass er ihrer bald überdrüssig wurde und, abermals der Macht der Verführung erliegend, eine geheime Liaison mit der Mätresse seines Herrn einging. Selbstverständlich stand auch das im Buch des Adligen. Es dauerte nicht lange, da wurde die Mätresse wie vorhergesehen schwanger, worauf der Adlige dem Jüngling beiläufig bekundete, dass er von all seinen Kindern ebendieses zu seinem Alleinerben machen wolle. Der Jüngling kam in große Verlegenheit und fürchtete sich. Der Adlige hatte sogar eine Bankett-Szene ersonnen, in welcher der Jüngling die zahlreichen vornehmen Gäste bediente und seine Mätresse vor versammelter Tafelrunde fast ein Geständnis ablegte, sich in letzter Sekunde aber beherrschte. Für den Schlossherrn ein königliches Vergnügen.

Dann, als der Jüngling dreißig wurde, bestellte sein Herr ihn zu sich ins Gemach.«

Kizaki hielt inne. In meinen Ohren pfiff es noch immer, auch irritierte mich der kreisende Schatten des Deckenventilators. Er sagte etwas ins Telefon und legte gleich wieder auf. Ich rauchte weiter meine Zigaretten, er hielt sich an den Alkohol.

»Er überreichte ihm ein Bündel Papier, das mit Zwirn zu einem Buch gebunden war. Als der junge Mann das Buch aufschlug und die Seiten umzublättern begann, sah er sein ganzes bisheriges Leben vor sich. Das, was sein Herr vor gut fünfzehn Jahren niedergeschrieben hatte. Es muss für ihn ein Schock gewesen sein. Am Ende des Buches wird er für das Vergehen, sich auf eine Affäre mit der Mätresse eingelassen zu haben, vor den Augen seines Herrn umgebracht – vor demjenigen also, der sich das scheinbare Vergehen ausgedacht hatte. Der junge Mann sank zu Boden, und es dauerte einige Zeit, bis er fassen konnte, was mit ihm über all die Jahre hinweg geschehen war. In dem Moment, als ihm alles klar wurde, als er, überwältigt von seinen Gefühlen und am ganzen Körper zitternd, zu seinem Herrn aufschaute, hob ein Soldat hinter ihm das Schwert und stieß es ihm in den Rücken… Keine Ahnung, was dem jungen Mann im Todeskampf durch den Kopf ging, aber der Adlige soll, wie eben noch der von seinem Schicksal Heimgesuchte, gezittert haben – vor Freude, in größter Verzückung. Es war ein Glücksgefühl, das ihm weder Frauen noch Reichtum noch Ruhm je hätten bescheren können, und mit ernster Miene, als hätte er das Lachen vergessen, als hätte er ein Lebenswerk vollendet, genoss er sein grandioses Vergnügen.«

Zum ersten Mal rutschte mir eine Bemerkung heraus. »Das ist verrückt«, sagte ich.

Er lächelte unbeirrt.

»Das ist nicht verrückt. Der Adlige hat nur ausgekostet, was das Leben ihm darbot. Bis… zum… Letzten.«

»Diese Geschichte hast du dir nur ausgedacht.«

Er lachte.

»Nein. Ehrlich gesagt, war es einer meiner Untergebenen, der in alkoholisiertem Zustand die Geschichte erzählt hat. Er hat übrigens auch den Raubüberfall geplant.«

»Mit dir als Hauptdarsteller?«

»Du bist ein schlauer Junge. Das heißt, von jetzt an liegt dein Leben ganz in meinen Händen.«

Er kippte den Inhalt seines Glases in einem Zug hinunter. »Die Notizen zu deiner Zukunft sind hier drin, in meinem Kopf. Es ist total interessant, das Leben eines Menschen zu bestimmen. Übrigens, eine Frage: Glaubst du an das Schicksal?«

»Weiß ich nicht.«

»Ooch, wie langweilig. Lag das Schicksal des Jünglings wirklich in den Händen des Adligen? Oder war ein Leben, das in den Händen des Adligen lag, sein Schicksal?«

Es klopfte an die Tür. Als Kizaki antwortete, kam ein schmaler Mann im Anzug herein. Er legte einen Aktenkoffer auf den Tisch, verbeugte sich und verschwand wieder. Kizaki öffnete den Aktenkoffer und entnahm ihm Fotos sowie einige Papiere.

»Du wirst nun drei kleine Aufgaben für mich erledigen. Es sind wirklich nur sehr kleine Aufgaben. Aber sie erleichtern uns gewisse Vorhaben sehr … Als Erstes sollst du in den nächsten sechs Tagen das Handy dieses Mannes klauen. Das Handy deponierst du im Briefkasten eines Apartmenthauses. Wir werden dir genaue Anweisungen geben. Das

Haus dieses Typen ist gut gesichert, es wäre schwierig, da reinzukommen, und aus bestimmten Gründen können wir ihn noch nicht töten. Sein Handy brauchen wir, um herauszufinden, mit wem er telefoniert, und zwar so schnell wie möglich. Man könnte ihn auf der Straße überfallen und ihm das Handy abnehmen; aber es ist besser, wenn er nicht weiß, dass es ihm gestohlen wurde, sondern meint, er hätte das Ding irgendwo verloren oder vergessen. Für die zweite Aufgabe hast du sieben Tage Zeit: Du besorgst mir von diesem Mann hier irgendeinen kleinen Gegenstand. Ein Feuerzeug wäre gut. Oder sonst etwas Alltägliches, das man immer bei sich trägt. Hauptsache, es finden sich Fingerabdrücke darauf. Natürlich darf er den Diebstahl nicht bemerken. Das Objekt wird sich später neben einer Leiche wiederfinden. Es ist nicht unsere Absicht, ihn als Schuldigen in den Knast zu bringen. Es geht nur darum, dass die Polizei ihn verdächtigt, mit auf die Wache nimmt und verhört. Dabei wird sie eine Überraschung erleben... In seine Wohnung kann man leider auch nicht gut einbrechen. Ach ja, wir brauchen nicht nur das Feuerzeug oder was auch immer, sondern auch Haare. Nicht ganz einfach, aber du besorgst sie mir trotzdem. Zwei, drei Haare genügen. Abschneiden wäre unnatürlich, das heißt, du musst sie ihm ausreißen, ohne dass er etwas merkt. Die Sachen von dem Typen legst du ebenfalls in den Briefkasten.«

Mit regloser Miene betrachtete ich die Fotos, auf die Kizaki vergnügt zeigte, als wäre das Ganze ein Spiel.

»Und von einem dritten Typen will ich gewisse Dokumente. Spätestens in zehn Tagen. Ich habe jetzt kein Foto von ihm, werde aber noch eines organisieren. Einer meiner Männer hat seine Wohnung durchsucht, leider umsonst. Anscheinend trägt er sie immer bei sich. Der Typ ist extrem nervös und ein Feigling dazu. Er hat eine Knarre. Wichtig ist, dass er mindestens zwei Tage lang nichts vom Verschwinden der Dokumente bemerkt.«

»Das ist unmöglich.«

»Egal, mach es. Die Dokumente sind in einem versiegelten Umschlag. Also kennt er den Inhalt vielleicht nicht. Wenn der Umschlag einmal geöffnet ist, verliert er die Hälfte seines Werts. Tausche den Umschlag gegen diese Fälschung, die ein Vertrauter für uns präpariert hat. Die vertraulichen Dokumente sollten in einem Umschlag dieser Firma stecken und genau so versiegelt sein wie hier. Wir sind uns jedoch nicht ganz sicher, deshalb ist es wichtig, das vorher zu checken. Der Umschlag kommt nicht in den Briefkasten, ich will ihn direkt von dir. Alles klar?«

»Und wenn es schiefgeht?«

»Dann stirbst du. Vielleicht findest du das ungerecht, aber wenn ich jemanden ins Visier genommen habe, muss er meine Regeln akzeptieren. Verstanden? Aber beruhige dich, ich werde die Mutter und ihren Balg nicht töten. Druck und Verantwortung können Menschen zu Leistungen anspornen, Fähigkeiten in ihnen wecken, die unter normalen Bedingungen nie möglich wären. Ist der Druck jedoch zu groß, kommt es zu Fehlern. Besonders Leichen sollten vermieden werden. Je mehr Leichen herumliegen, und seien es auch nur eine oder zwei, desto größer ist die Gefahr, dass irgendwelche Dinge ans Licht kommen. Niimi habe ich getötet, weil er über mein Kerngeschäft zu gut Bescheid wusste. Ich töte nur, wenn es wirklich nötig ist. Nicht nur dich, auch Tachibana, von dem ich mir nicht viel erwarte, habe ich aus dem Grund nicht getötet. Doch wenn du dich weigerst, habe ich leider keine andere Wahl. Dann werden der Junge und seine Mutter sterben. Das wäre mir lästig, aber so läuft's nun mal bei uns.«

Er legte die Papiere und Fotos in den Aktenkoffer zurück und schob ihn über den Tisch, zu mir. Es blieb mir nichts anderes übrig, als einzuwilligen.

»Ich bestimme von meinem Sessel aus über das Leben anderer. So über x-beliebige Leute zu herrschen – fühlt man sich da nicht wie Gott? Wenn es einen Gott gibt, dann ist er es, der an dieser Welt am meisten Gefallen findet. Beim Herrschen über die vielen Leben überkommt es mich manchmal. Dann ist mir plötzlich, als würden sie von mir Besitz ergreifen wollen. Wie eine Invasion vieler Menschen, deren Gedanken und Gefühle gleichzeitig in mich eindringen. Jemand wie du, der diese Erfahrung nie gemacht hat, kann sich gar nicht vorstellen, wovon ich rede. Das höchste aller Vergnügen. Und jetzt hör mir gut zu.«

Kizaki lehnte sich zu mir herüber.

»Die richtige Art zu leben ist, Freud und Leid gut zu dosieren. Alles, was die Welt uns bietet, ist nur eine Flut von Reizen. Und indem du diese Reize geschickt dosierst, kannst du sie nach Belieben für deine Zwecke nutzen. Wenn du als das Böse erscheinen willst, darfst du auf keinen Fall das Gute vergessen. Angesichts einer Frau zu lachen, die sich in Schmerzen windet, ist einfallslos. Wenn du eine leidende Frau siehst, dann fühle mit ihr, hab Erbarmen mit ihr, stell dir ihre Qualen vor und ihre Eltern, die sie aufgezogen haben, weine Tränen der Trauer – und peinige sie noch mehr. Dieser Moment … einfach unbeschreiblich! Lass dir die Welt schmecken. Selbst wenn du mit deinen Aufgaben scheitern solltest, koste es aus, das Gefühl des Scheiterns. Koste sie aus, die Angst vor dem Tod. Wenn du das schaffst, übersteigst du deine Grenzen und siehst die Welt mit anderen Augen. Nach einem brutalen Mord erscheint mir die aufgehende Sonne in besonderer Schönheit. Ich sehe ein lachendes Kindergesicht und denke, wie bezaubernd es ist. Wäre es ein Waisenkind, würde ich ihm vielleicht helfen. Vielleicht würde ich es aber auch, aus einem spontanen Reflex heraus, töten. Während ich größtes Mitleid mit ihm habe! Hätten Gott oder das Schicksal die Fähigkeit, zu fühlen wie ein Mensch, glaubst du nicht, dass sie genauso empfinden würden? In einer Welt wie dieser, in der gute Seelen, ob Erwachsene oder Kinder, grausame, ungerechte Tode sterben?«

Hier brach Kizaki ab. Seine schwere, alkoholgeschwängerte Stimme dröhnte in meinen Ohren. Er lächelte noch immer.

»Also dann, viel Glück.«

13

Kirita, den ich mir als Ersten vornahm, war zweiundvierzig Jahre alt. Er wohnte in einem Apartment in Gotanda. Auf dem Foto trug er das Haar kurz und einen elegant geschnittenen Anzug. Ein windiger Finanzbroker und Mittelsmann, der Risikounternehmen, denen die Banken keine Kredite gewähren wollten, zu Geld verhalf, indem er es ihnen von der Yakuza beschaffte. Wenn ein Unternehmen florierte und an die Börse ging, schnellte der Aktienwert in die Höhe, was hohe Kursgewinne einbrachte. Oft kam es vor, dass das Unternehmen nicht wusste und auch nie erfuhr, wer der mafiöse Geldgeber gewesen war. Von diesem Kirita brauchte ich nun das Handy, aber es ist immer schwierig, eine bestimmte Person gezielt zu bestehlen.

Ich prägte mir Kiritas Foto sowie die wenigen Hinweise auf dem Notizzettel ein und machte mich auf den Weg zu dessen Apartmenthaus. Es gab kein Café, von dem aus ich die Gegend hätte beobachten können, und in einem Wohnviertel einfach so auf der Straße herumzustehen, weckte Misstrauen. Als sich der Vorhang am Fenster von Kiritas Wohnung bewegte, blickte ich schnell zu Boden und ging weg. In einem nahen Park setzte ich mich auf eine Bank. Neben einer kleinen Rutsche spielten stumm Mutter und Kind. Ich starrte auf den Kopf des Kindes, der aussah wie ein Stück Holz mit einem Loch drin, bis ich begriff, dass es sich nur eine Papiertüte übergestülpt hatte. Sie begannen herumzualbern, die Mutter rannte ihrem Kind hinterher. Den Hauseingang konnte ich aus dem Augenwinkel sehen, allerdings ziemlich weit entfernt. Es war nicht leicht, jemanden sicher zu erkennen.

Nach mehr als vier Stunden kam ein Mann mit beigefarbenem Mantel und Schultertasche aus dem Haus. Da er in die entgegengesetzte Richtung ging, konnte ich sein Gesicht nicht sehen; dennoch eilte ich ihm hinterher. Sein Körper war gekrümmt wie ein Hummer, die seltsam langen, gespreizten Finger erinnerten an Scheren. Als ich fast beim Eingang war, öffnete sich plötzlich die automatische Schiebetür. Heraus trat ein Mann mit schwarzem Mantel und schwarzer Aktentasche. Das ist er, dachte ich überrascht, senkte den Kopf und wühlte, während er an mir vorbeiging, in meinen Taschen, als würde ich nach Zigaretten suchen. Die Forderung, Kirita sein Handy so abzunehmen, dass er glaubte, es verloren zu haben, schien mir fast unerfüllbar. Mit einigem Abstand folgte ich ihm.

Er ging in eine Drogerie, dann zum Bahnhof, wo er eines dieser Kettencafés ansteuerte und dort einen dicken Mann traf. Sein Portemonnaie war in der linken Innentasche des Jacketts, das Handy in der Aktentasche. Das machte es schwierig, an das Handy heranzukommen, deshalb wartete ich draußen. Ich wollte es im Zug angeln, doch nachdem die beiden Männer das Café verlassen und sich verabschiedet hatten, stieg Kirita in ein Taxi. Ich kaperte das nächste und wies den Fahrer an, dem Auto vor uns zu folgen. Der Fahrer war noch jung, andauernd musste ich ihm sagen, dass er die Spur wechseln oder nicht direkt hinter dem Taxi herfahren solle.

Kirita stieg in Akasaka aus und ging zu einer Bar in einem Untergeschoss. Es war ein großer Raum mit Showbühne, überfüllt und lärmig. Genau richtig, dachte ich, setzte mich an die Theke, bestellte einen leichten Drink und stützte meine Arme auf die abgewetzte Tischplatte.

Eine Stunde verging. Der Alkohol stieg ihm langsam zu Kopf, denn Kirita redete immer lauter, gestikulierte immer wilder, und beim Lachen sperrte er den Rachen auf wie ein Reptil. Sein Gegenüber war viel jünger, vielleicht ein Student. Auf ihrem

Tisch lagen verschiedene Papiere, doch Kirita beachtete sie kaum.

Er nahm sein Handy aus der Aktentasche am Boden, rief jemanden an und verstaute es anschließend wieder am gleichen Ort. Ich hatte gehofft, er würde es in die Brusttasche seines Hemdes stecken. Wenn es mir nun gelang, ihm das Handy zu entwenden, glaubte er vielleicht, er hätte es irgendwo verloren, betrunken, wie er war. Aber so glatt lief es leider nicht. Wann sich mir wieder eine solche Gelegenheit bieten würde, war unabsehbar, und außerdem hatte ich für diesen Job am wenigsten Zeit. Als sich eine Kellnerin Kiritas Tisch näherte, erhob ich mich.

Die Toiletten waren am Ende von Kiritas Tischreihe, und ich ging hinter der Kellnerin her in diese Richtung. Sie blieb bei Kirita und dem Studenten stehen und servierte ihnen neue Drinks. Genau in dem Moment, als sie den Kopf leicht senkte und sich wieder entfernen wollte, verhakte sich beim Vorbeigehen wie aus Versehen mein Fuß mit dem ihren. Die Frau stolperte, Gläser rutschten vom Tablett und zersprangen klirrend. Ich gab vor, die Balance zu verlieren, und ließ mich ebenfalls fallen, doch alle schauten wie gebannt auf die am Boden liegende Kellnerin im Minirock. Mein Blick wanderte zu Kirita, der die Frau irritiert anstarrte und sich an die etwas nass gewordene Schulter fasste. In der Hocke richtete ich meinen Mantel so, dass Kiritas Tasche unter dem Saum verschwand. Meine linke Hand schlüpfte durch das Loch in der Manteltasche und öffnete den Reißverschluss. Der junge Mann stand auf und sagte etwas zu Kirita. Die Frau berappelte sich, zog eilig ihren hochgerutschten Rock zurecht und öffnete den Mund, um eine Entschuldigung zu stammeln. Die Aktentasche war von meinem Mantel bedeckt, niemand konnte sehen, was darunter geschah. Ich langte in die Tasche, tastete vorsichtig nach dem Handy, führte einen Finger durch die Trageschlaufe und ließ es in den Ärmel gleiten. Kirita streckte die Hand nach der Kellnerin aus und machte Anstalten, sich vom Stuhl zu erheben. Ich nahm die Hand aus der Tasche und spannte meine Beinmuskeln an, bereit, mich aufzurichten. Wohlige Wärme flutete mir durch die Kehle – da klingelte es plötzlich schrill in meinem Ärmel.

Ich erstarrte, war einen Moment lang wie gelähmt. Das Handy klingelte und klingelte. Kirita drehte sich von der Kellnerin weg, hin zu mir. Unter dem Mantel ließ ich das Handy in die Aktentasche zurückfallen und konzentrierte mich darauf, den Reißverschluss wieder zu schließen. Das Klingeln tönte gedämpfter, wenn auch noch immer penetrant genug, aber Kirita schien es nicht zu bemerken. Die Kellnerin entschuldigte sich bei Kirita, dann bei mir. Mit pochendem Herzen richtete ich mich auf und entschuldigte mich ebenfalls. Kirita hatte das Interesse an der Kellnerin verloren, beachtete auch mich nicht weiter, sondern öffnete den Reißverschluss seiner Tasche und nahm das endlos klingelnde Handy heraus. Zuerst dachte ich an Rückzug, doch intuitiv spürte ich, dass es wichtig sein könnte, dem Gespräch zu lauschen. Deshalb half ich der Kellnerin, die Scherben am Boden aufzuheben. Kirita sagte kein Wort, aber es gelang mir, einen flüchtigen Blick auf seine Notizen zu werfen: *Donnerstag, 7, Shibuya, Daijingu.* Entschuldigend senkte ich noch einmal den Kopf und bezahlte die Rechnung. Jetzt, nachdem er mein Gesicht aus der Nähe gesehen hatte, würde es schwierig sein, ihm unerkannt zu folgen.

Ich nahm ein Taxi zurück nach Hause und fragte den Fahrer, ob ich rauchen dürfe. Es mache ihm nichts aus, sagte er, es sei seine letzte Fahrt heute, und öffnete einen Spaltbreit das Fenster. Ich steckte mir eine Zigarette an und betrachtete die Neonlichter des Vergnügungsviertels, die draußen vorüberflitzten. Doch so recht konnte ich mich nicht entspannen. Kizaki tauchte vor mir auf, dann Ishikawas, dann Saekos Gesicht. Ich fragte mich, was Saeko sagen würde, wenn sie mich jetzt sähe. Es ging bergab mit mir, ich war nicht mehr Herr meiner selbst und musste nach Kizakis Pfeife tanzen. Aber sie würde mich sicherlich nicht verachten; so wie ich sie kannte, würde sie lachend sagen, wer weiß, wie lange wir beide noch leben, und hier im Taxi beginnen, sich auszuziehen.

Als ich nach Hause kam, saß der Junge zusammengekauert vor meiner Wohnungstür. Er schlief. Diesmal hatte er lange Hosen an, aber sein graues Sweatshirt war dünn. Während mein Blick über seine Arme und Beine glitt, empfand ich wieder einmal, wie sehr er versuchte, aus den widrigen, ihm aufgezwungenen Umständen das Beste zu machen, wie sehr er sich mit aller Kraft durch das Leben kämpfte. Die Kälte bringt ihn noch um, dachte ich und stieß ihn leicht mit dem Fuß an. Da öffnete der Junge die Augen. Einen kurzen Moment lang schaute er mich missmutig an, vielleicht, weil ich ihn mit dem Fuß angestoßen hatte. Aber bevor ich etwas sagen konnte, bat er mit leiser Stimme, über Nacht bei mir bleiben zu dürfen.

»Unmöglich. Geh nach Hause.«

»Warum?« Der Atem des Jungen verpuffte in kleinen weißen Wölkchen.

»Weil deine Mutter dich bestimmt hier suchen wird. Und dann die Bullen …«

»Die kommen nicht.«

»Nein?«

»Mutter ist froh, wenn sie mich los ist.«

Der Junge stand auf und wischte sich den Dreck von den Händen. Seine Kleider waren schmutzig, die Schuhsohlen fast durchgelaufen. Ich hatte keine andere Wahl, als ihn hineinzulassen, doch dann kam mir in den Sinn, dass ich nichts zu essen hatte, keinen Kessel zum Wasserkochen und auch kein Geschirr. Blieb nur der 24-Stunden-Shop. Ich machte mich auf den Weg, und der Junge folgte mir.

»Dieser Typ ist jetzt die ganze Zeit da. Ich störe nur.«

»Hat er das zu dir gesagt?«

»Das sagt er andauernd. Weil er immer mit Mama rummachen will.«

Irgendwo in der Ferne heulte ein Motor auf. Das Auto beschleunigte und fuhr davon.

»Er ist eifersüchtig, will Mama nur für sich haben. Ich muss den ganzen Tag draußen bleiben. Und wenn sie fertig sind, ist er so betrunken, dass er anfängt, mich zu schlagen.«

Ich legte meine Hand auf seine Schulter.

»Dieser Typ, weiß er, was deine Mutter …«

»Natürlich weiß er das. Er verlangt es ja von ihr und ist trotzdem eifersüchtig.«

Mir war, als hätte ich einen Kloß im Hals.

»Willst du weg von zu Hause?«

»Ja.«

Ein eigenartiges Leuchten lag in seinen Augen.

»Aber wenn ich abhaue, bringen sie mich wieder zurück. Ich bin ja noch ein Kind. Und dann brüllen sie mich alle an, und wenn dieser Typ da ist, schlägt er mich grün und blau.«

»Aber du kannst unmöglich bei mir bleiben.«

»Warum nicht?«

Ich nahm meine Hand von seiner Schulter, merkte aber sogleich, dass es der falsche Moment war.

»Mein Job ist riskant. Ich kann jederzeit sterben. Du solltest dich nicht auf einen verlassen wie mich, der sein Leben verpfuscht hat.«

»Aber ...«

»Was hältst du von einem Kinderheim?«

Ich schaute ihn an. Er machte ein nachdenkliches Gesicht.

»Würde man mich da aufnehmen?«

»Wenn du einen Haufen Formulare ausfüllst ... Aber trotzdem, ich weiß nicht ... Du willst doch nicht wirklich von deiner Mutter weg, oder?«

»Ich bin kein kleines Kind mehr.«

Der Junge schaute zu mir hoch. In seinem trotzigen Blick, seinen wie zwei Laserstrahlen auf mich gerichteten Augen sah ich mich selbst – vor langer, langer Zeit.

»Ich werde mit ihr reden. Die Wohnung lasse ich offen, damit du jederzeit reinkannst, wenn es kalt ist. Okay?«

Ohne ein weiteres Wort betraten wir den Laden. Ich kaufte heißen Tee, Milch und eine Lunchbox mit Frittiertem.

14

Mein zweites Objekt war ein achtundzwanzigjähriger Mann, er wohnte in einem sechsstöckigen Haus. Womit er sich seinen Lebensunterhalt verdiente, wusste ich nicht, aber aus seiner Kleidung und seinem Auftreten folgerte ich, dass er nicht gerade zu den großen Fischen der Unterwelt gehörte. Das Apartmenthaus lag inmitten einer Wohngegend. Einfach dort herumzustehen ging nicht, deshalb suchte ich ein Café in der Nähe auf und beobachtete die Passanten. Auf dem Weg zum Bahnhof musste er hier vorbeikommen, denn er hatte weder ein Auto noch ein Fahrrad. Ich wartete etwa zwei Stunden, doch der Mann tauchte nicht auf. Daher schlenderte ich zu seinem Haus und wieder zum Café zurück.

Es war um die Mittagszeit des zweiten Tages, als ich ihn sah. Ich war mit dem Taxi zu seinem Apartmenthaus gefahren und hatte eine Weile gewartet. Er ließ sich nicht blicken. Ich ging ins Café und bestellte etwas – da sah ich ihn daherkommen. Schnell verließ ich das Café und folgte ihm. Er ging zum Bahnhof, durch die Fahrkartensperre, dann zum Bahnsteig. Wenn Feuerzeug und Haare von ihm bei einer Leiche gefunden werden sollten, dann war er wohl vorbestraft. Das konnte ich mir aber nur schwer vorstellen, denn er wirkte viel jungenhafter und sanfter als auf dem Foto. Der einfahrende Zug, war zum Glück ziemlich voll. Im Gedränge geht es am besten, dachte ich, stieg ein und stellte mich dicht hinter ihn.

Sein schwarzes Haar war leicht gegelt. Auf dem Kragen und der Schulter lagen keine losen Haare, ich musste ihm welche ausreißen. Die Luft in dem geheizten Wagen war überhitzt, der Mann schwitzte. Als der Zug langsamer wurde und anhielt, drängte er mit den anderen Fahrgästen, die aussteigen wollten, zur Tür, während ich von hinten schob. An den Spitzen von Zeige- und Mittelfinger hatte ich kleine Stücke einer Nagelfeile befestigt, die ich zu Hause gefunden hatte. Die Türen öffneten sich, und kalte Luft strömte herein. Der Pulk vor mir setzte sich in Bewegung. In dem Moment gab ich vor, über meine eigenen Füße zu stolpern, reckte haltsuchend einen Arm in die Luft, fasste mit Zeige- und Mittelfinger ein paar seiner Haare beim Wirbel am Hinterkopf und riss sie mit einer schwungvollen Handbewegung aus. Ich spürte einen kleinen Ruck, als sich die Haarwurzeln lösten. Unwillkürlich drehte er sich kurz um, ohne jeden Argwohn, wie es schien, aber ich glitt an ihm vorbei, tauchte in der Menge vor ihm unter. Jetzt brauchte ich noch das Feuerzeug.

Der Mann steuerte auf die Treppen zu, änderte aber plötzlich die Richtung. Bald wurde mir klar, dass er zur Raucherzone auf dem Bahnsteig der Yamanote-Linie wollte. Er hatte sich eine Zigarette aus der Schachtel gezogen und suchte nach dem Feuerzeug. Wenn er es verloren hat, komme ich in Schwierigkeiten, dachte ich, doch ich hatte eine Idee. Ich streifte die Handschuhe über und rieb in der Manteltasche, so fest ich konnte, mein billiges Plastikfeuerzeug, stellte mich dann neben ihn und zündete mir eine Zigarette an. Er suchte noch immer sein Feuerzeug. Kurz bevor er aufgeben wollte, reichte ich ihm wortlos meines. Er nahm es mit einem leichten Kopfnicken und zündete sich seine Zigarette an. Ich war mir nicht sicher, ob die Fingerabdrücke deutlich erkennbar sein würden. Deshalb ließ ich das Feuerzeug, als der Mann es mir zurückgeben wollte, wie aus Versehen fallen. Er hob es für mich auf, und ich steckte es dankend ein. Meine erste Aufgabe war vollbracht. Ich stieg in den gerade einfahrenden Zug, um schnell wegzukommen.

Beim Frisör ließ ich mir die Haare schneiden und braun färben, außerdem besorgte ich mir eine Brille mit korrekturlosen Gläsern. Als ich Kirita gefolgt war, hatte ich den schwarzen Mantel an, den ich immer trug. Diesmal änderte ich meinen Kleidungsstil und entschied mich für eine weiße Daunenjacke und Jeans. Um sechs Uhr brach ich auf Richtung Shibuya. Die Chancen waren groß, Kirita in der Bar »Daijingu« wiederzusehen. Da er mich nur kurz zu Gesicht bekommen hatte, erinnerte er sich vermutlich nicht mehr an mich, aber zur Sicherheit konnte ein neuer Look nicht schaden.

Ich entdeckte ihn, als mein Taxi an der Ampel vor dem Seibu-Kaufhaus in Shibuya hielt. Schwarzer Mantel, schwarze Aktentasche, genau wie beim letzten Mal. Ich bezahlte das Taxi und folgte ihm. Auf den Gehwegen drängten sich die Menschen. Immer wenn Kirita seinen Schritt verlangsamte, kam ich ihm ein wenig näher. Vielleicht konnte ich die Sache erledigen, bevor wir zu der Bar kamen? An einer Ampel blieb er stehen. Ich war direkt hinter ihm, aber aus irgendeinem Grund starrte eine Frau ihn ununterbrochen an, was mein Vorhaben vereitelte. Die Ampel wechselte auf Grün. Mitten im Menschengewühl blieb ich ihm dicht auf den Fersen.

Ich nahm mir vor, es an der nächsten Ampel zu versuchen, da drehte sich Kirita plötzlich um. Ich hielt den Atem an und schaute sofort weg, aber er schien mich nicht zu beachten. Mit einem gewissen Abstand folgte ich ihm weiter. Sein Ziel war offenbar das Parco. Im Kaufhaus schien er etwas zu suchen und ging dann zur Rolltreppe. Da die Leute auf unterschiedlicher Höhe stehen, sind Rolltreppen ideal, um in Taschen zu greifen. Ich stand hinter Kirita und konzentrierte mich. Meine Sinne waren hellwach. An der Seite gab es große Spiegel mit Lücken dazwischen. Bei einer dieser Lücken musste ich zugreifen. Der Mann hinter mir wandte sich seiner Begleiterin auf der tieferen Stufe zu und schwatzte mit ihr. Einen besseren Ort und ein besseres Timing hätte ich mir nicht wünschen können. Ich spürte die Wärme, ein angenehm prickelndes Gefühl in den Armen. In dem Moment, als Kiritas Gesicht aus dem Spiegel verschwand, fixierte ich mit der linken Hand von unten die Aktentasche, so dass sie sich nicht bewegen würde, öffnete mit der rechten den Reißverschluss, angelte das Handy heraus, verbarg es im Ärmel, machte den Reißverschluss wieder zu und zog die linke Hand weg. Kirita nahm die Rolltreppe zum nächsten Stock, während ich nach links wegging und aus dem Augenwinkel beobachtete, wie er nach oben entschwebte. Ich suchte das Treppenhaus und ging die Stufen hinunter. Die Spannung wich aus meinem Körper. Als ich das Handy vom Ärmel in die Tasche gleiten ließ, durchlief mich ein wohliger, erlösender Schauer.

Draußen im Gewusel von Shibuya schob ich einem elegant gekleideten Herrn mittleren Alters, der mir entgegenkam, die Hand ins Revers und schummelte seine Brieftasche in den Ärmel meiner Jacke. Der Lichtreflex seiner Krawattennadel verharrte lange als grüner Fleck in meinen Augen. Ich stieg in ein Taxi und prüfte den Inhalt der Brieftasche: hundertzwanzigtausend Yen, Kreditkarten sowie diverse Visitenkarten von Hostessen. Der beengende und doch zugleich geschützte Raum eines Taxis gab mir stets das Gefühl, der Stadt und ihren Menschen entfliehen zu können.

Im Taxi fuhr ich nach Ebisu. Das Apartmenthaus, das man mir angegeben hatte, wirkte neu und gepflegt. Wie geheißen öffnete ich den Briefkasten von Wohnung Nummer 702, nahm den weißen Umschlag heraus und legte eine Tüte mit dem Handy, dem Feuerzeug und den Haaren hinein. Zwei der drei Aufgaben waren damit erledigt. Ich entfernte mich ein Stück von dem Haus und erwog, die Person zu beschatten, die die Sachen holte, doch dann überlegte ich es mir anders und winkte ein Taxi herbei. In dem Umschlag sollte ein Foto des Mannes sein, dem ich seine Dokumente abnehmen musste, außerdem ein Zettel mit einfachen Angaben wie Adresse und so weiter. Als ich den Umschlag öffnete und das Foto in der Hand hielt, wurde mir flau. Der Mann war zwischen vierzig und fünfzig Jahre alt, hatte tiefe Augenhöhlen, eingefallene Wangen und dünnes, spärliches Haar. Ich sah dieses Gesicht und dachte, auf einen Typ wie den würdest du lieber verzichten. In der Vergangenheit hatte sich mein ungutes Gefühl leider allzu oft bestätigt. Zur Beruhigung wollte ich eine Zigarette rauchen, doch der Fahrer sagte, es sei nicht erlaubt. Ich stieg aus. Wo ich mich befand, wusste ich nicht genau.

Ich zündete mir die Zigarette an und lief die Straße entlang, die, nur spärlich beleuchtet, durch ein Wohngebiet mit älteren Häusern führte. Auf einmal klingelte mein Handy. Irritiert schaute ich mich um. Eigentlich kannten nur Saeko und Ishikawa diese Nummer. Auf dem Display stand »Unbekannt«. Als ich dranging, meldete sich eine mir fremde Stimme.

»Gut gemacht, bleibt nur noch einer. Hast du den Umschlag aus dem Briefkasten?«

Die Stimme des Mannes klang unangenehm hoch und barsch.

»Wer ist da?«

»Das solltest du dir in etwa vorstellen können. Der Letzte von den dreien, Yonezawa, wird morgen Abend um zehn in Shinjuku sein. Deine Chance.«

»Und wenn's nicht klappt?«

»Du hast bis Dienstag Zeit, noch fünf Tage. Dank dir ist meine Arbeit schon jetzt viel einfacher geworden... Wenn du es nicht hinkriegst, wirst du sterben. Weißt du ja. Trotzdem würde ich dir nicht raten abzuhauen, verstanden?«

Eine junge Frau mit blondgefärbtem Haar, die ihren Hund ausführte, schaute mich misstrauisch an.

»Ist Kizaki bei dir?«

»Herr Kizaki? Nein, der ist nicht da. Ich weiß auch nicht, wo er ist.«

»Was will er eigentlich von mir?«

Der Mann am anderen Ende stöhnte gelangweilt.

»Ich meine nicht die Papiere und das Feuerzeug.«

»Das kann dir scheißegal sein.«

Im Hintergrund hörte ich das Lachen einer Frau. Irgendwelche Geräusche wurden lauter, und plötzlich war die Leitung tot. Die blonde Frau starrte mich noch immer an, während ihr fetter Hund beharrlich an einem Telefonmast schnüffelte. Als ich zurückglotzte, sagte sie etwas zu dem Hund und zog ihn rabiat an der Leine fort. Es war schon dunkel. Da kam mir der Gedanke, dass die Frau vielleicht gar nicht auf mich, sondern auf etwas in meinem Rücken gestarrt hatte.

15

Auf dem Foto trug Yonezawa einen schmuddeligen schwarzen Mantel, doch das Apartmenthaus, in dem er wohnte, verfügte über einen Eingangsbereich, der so geräumig war wie eine Hotellobby. Da hineinzukommen würde nicht einfach sein. Ich hatte keine Ahnung, welcher Beschäftigung er nachging, aber jemand, der eine Knarre bei sich trug, war kein harmloses Lämmchen. Ich sah mir das Foto immer wieder an. Die tief in den Höhlen liegenden Augen erweckten den Eindruck, als täte sich dahinter ein grausiger Abgrund auf, als lauerten sie auf die nächste Gelegenheit zum Mord oder einer ähnlichen Untat.

Ich mietete mir ein Auto und parkte es so, dass ich den Eingang zu seinem Apartmenthaus gerade noch sehen konnte. Vielleicht würden Bullen auf Streife von mir wissen wollen, was ich hier machte, doch zur Beschattung war ein Auto am besten. Als Yonezawa aus dem Haus kam, nahm er entgegen meiner Erwartung kein Taxi, sondern ging zu Fuß los, mit hüpfendem Schritt, ein Bein zog er etwas nach. Nervös schaute er um sich und starrte ein Kind an, das ihm entgegenkam. Ich stieg aus dem Auto und folgte ihm in größerem Abstand. Wenn jemand wie er, der auf sein Äußeres keinen Wert legte, in solch einem Haus wohnte, musste er sich wirklich in Gefahr fühlen. Er ging zum Bahnhof und löste eine Fahrkarte, was eine Weile dauerte. Er beobachtete immerzu die Leute, bis sein Blick an einer knapp bekleideten Frau hängenblieb. Er glotzte sie ungeniert an, zu einer Salzsäule erstarrt. Ich entfernte mich etwas von ihm. Bis wir im Zug waren, schien es mir kaum möglich, unbemerkt in seine Nähe zu kommen.

Als Yonezawa auf den Bahnsteig trat, kratzte er sich mehrmals im Nacken und begaffte eine Frau im Mantel neben ihm. Sein Haar sah aus wie an den Kopf geklebt, und anders als auf dem Foto waren die Wangen übersät mit Leberflecken. Die schmutzigen Schuhe hatte er sicher noch nie geputzt. Der Zug fuhr ein, war aber nicht voll. Im Wagen setzte ich mich etwas abseits hin und öffnete die Zeitung. Yonezawa blieb in einer Ecke stehen und starrte gedankenverloren vor sich hin.

Sein Portemonnaie, dessen Umrisse sich deutlich abzeichneten, hatte er in die rechte vordere Tasche gestopft. Wo der Umschlag steckte, konnte ich nicht mit Sicherheit sagen, doch da er sonst nichts dabeihatte, vermutete ich ihn in der Innentasche seines Mantels. Die Chance, ihm den Umschlag abnehmen zu können, schien mir zunächst gering, aber mit jedem Halt füllte sich der Wagen mehr und mehr, daher konzentrierte ich mich auf meine bevorstehende Aufgabe. Ich stand auf, schlängelte mich durch das Gedränge und stellte mich an die Tür. In Ikebukuro stiegen viele Leute aus, aber noch mehr Leute stiegen zu. Es war nun so eng, dass man sich kaum rühren konnte. Über den Lautsprecher wurde die nächste Haltestelle angekündigt: Shinjuku. Die Türen öffneten sich, und die Menschenmasse begann sich zu bewegen. Ich versuchte, im Geschiebe möglichst nahe an Yonezawa heranzukommen. Als unsere Körper aneinandergedrückt wurden, öffnete ich den obersten Knopf seines Mantels und glitt mit der Hand hinein. Ich spürte seinen Atem, er roch unangenehm. Meine Finger ertasteten so etwas wie einen Umschlag. Ich streckte sie, um das Ding herauszuziehen. Da merkte ich, dass die Innentasche verschlossen war; nicht mit einem Knopf oder einem Reißverschluss, sondern zugenäht. Ich verspürte einen dumpfen Schmerz in der Brust, zog die Hand schnell heraus, drehte mich in die Richtung der bereits hereindrängelnden Leute weg, ließ mich im Strom der hinausstrebenden Menge erneut an ihn heranschieben und schloss seinen Mantelknopf. Yonezawa trat auf den Bahnsteig. Im letzten Moment, bevor die Türen sich schlossen, schlüpfte auch ich nach draußen. Mein Herz hämmerte. Den eingenähten Umschlag gegen jenen auszutauschen, den ich im Briefkasten vorgefunden hatte, war unmöglich. Wenn ich die Naht aufschnitt und einfach nur den Umschlag herausholte, würden sicher keine zwei Tage vergehen, bis er es bemerkte. Yonezawa war nicht in Eile. Langsam folgte ich ihm und überlegte, aber mir wollte nichts in den Sinn kommen. Vielleicht konnte ich seinen schäbigen Mantel irgendwie durch einen anderen ersetzen, doch dafür musste ich zuvor ein ähnliches Exemplar finden, was höchst unwahrscheinlich war. Und selbst wenn ich einen fand, wäre es schwierig, all die abgewetzten Stellen täuschend echt zu imitieren. Dass einem überempfindlichen Typen wie ihm der Unterschied nicht sofort ins Auge fallen würde, schien mir ausgeschlossen.

Yonezawa nahm den Ostausgang und ging Richtung Kabukichō. Dabei schweifte sein Blick in alle Richtungen, sein Körper schwankte hin und her. Plötzlich stolperte er, verlor kurz das Gleichgewicht, schaute noch einer Frau hinterher, die an ihm vorbeiging, und verschwand schließlich in einem tristen, grauen Bürogebäude. Ich wollte warten, bis er wieder herauskam, aber wenn sich ohnehin nichts machen ließ, war das sinnlos. Ich erwog, Kizaki zu besuchen, hatte aber keine Adresse. Da fiel mir das Apartmenthaus in Ebisu ein. Die Nummer des Briefkastens war ja auch eine Wohnungsnummer ... Ich winkte ein Taxi herbei. Während der ganzen Fahrt geisterten Bilder von Ishikawa und Saeko durch meinen Kopf.

Ich nahm den Aufzug und klingelte an der entsprechenden Wohnungstür. Stille. Auf einmal ertönte aus der Gegensprechanlage die Stimme eines Mannes. Als ich meinen Namen nannte, öffnete sich die Tür. Der Mann vor mir musterte mich mit finsterem Blick und verschwand wortlos im Wohnungsinnern. Er schien nicht der zu sein, mit dem ich am Telefon gesprochen hatte. Der Raum war ähnlich karg eingerichtet wie Ishikawas früheres Büro: grauer Teppich, Schreibtisch, Sofa.

»Was willst du«, fragte er unwirsch.

»Der Umschlag ist in Yonezawas Mantel eingenäht. Unmöglich, ihn da rauszubekommen, ohne dass er es merkt.«

»Interessiert mich nicht.«

»Ich will mit Kizaki reden.«

»Das könnte schwierig werden.«

Er warf mir einen genervten Blick zu. Dann ließ er sich in den Bürostuhl am Tisch fallen und machte den Fernseher an. Eine Frau im Bikini rannte herum, als wäre sie hinter etwas her.

»Wenn's schiefgeht, bekommt ihr auch Ärger, oder etwa nicht? Lass mich mit Kizaki reden. Du kannst es mir natürlich verweigern, doch dann bist am Ende vielleicht du der Schuldige. Na ja, wenn's nicht möglich ist, gehe ich wieder.«

Wie hypnotisiert starrte der Mann auf den Fernseher und brummte etwas vor sich hin. Schließlich nahm er, ohne mich anzublicken, den Hörer des Tischtelefons zur Hand. Er sprach leise in die Muschel, hielt dann den Hörer vom Ohr weg und schaltete grummelnd den Fernseher aus. Auf dem Tisch verstreut lagen Wettzeitungen für Pferderennen, Kekse und Bonbons. Er reichte mir den Hörer. Nach einiger Zeit meldete sich ein Mann, dessen Stimme ich nicht kannte. Ich sagte, ich wolle mit Kizaki sprechen. Der Mann antwortete, unmöglich, doch nach einer Pause war plötzlich Kizaki dran. »Du hast fünf Minuten«, sagte er. Kein Zweifel, es war Kizaki. Seine Stimme klang aber so tief, dass es auch jemand anders hätte sein können.

»Der Umschlag ist in Yonezawas Mantel eingenäht. Ich kann ihn unmöglich austauschen. Einfach nur klauen geht nicht?«

Kurze Stille. Dann lachte Kizaki.

»Pech gehabt. Wirklich schade.«

»Was?«

»Wenn du es nicht schaffst, stirbst du. Ganz einfach. So sind wir verblieben. Na gut, die Mutter und ihr Söhnchen kann ich ja laufenlassen.«

»Wenn ich es nicht schaffe, sitzt ihr doch auch in der Klemme!«

Kizaki lachte wieder.

»Mein Lieber, wie du am Leben hängst… Das wusste ich gar nicht.«

Ich konnte fast seinen Atem durch den Hörer spüren, so nah hielt er den Mund an die Muschel. Die Stimme klang verzerrt.

»Im Übrigen wäre das kein allzu großes Problem für mich. Aber egal, in drei Tagen soll er wieder in Shinjuku sein. Versuch's dann noch mal. Wenn's nicht klappt, müssen wir Yonezawa halt töten, um an den Umschlag zu kommen. Obwohl wir das lieber vermeiden würden. Na ja, ist nicht weiter schlimm.«

»Aber…«

»Du hast von Anfang an gewusst, was dir blüht. Entweder du beschaffst mir den Umschlag, oder du stirbst. Das war unser Deal. Schicksal kennt kein Erbarmen. Wie es scheint, führst du ein ziemlich brutales Leben. Ich hab ein wenig nachgeforscht…«

Mir stockte der Atem.

»Mach dir keine unnötigen Gedanken. Im Laufe

der Geschichte sind Milliarden von Menschen gestorben. Du wirst lediglich einer mehr sein. Es ist alles nur ein Spiel, verstehst du? Nimm das Leben nicht zu wichtig.«

Ich wollte etwas erwidern, brachte aber nichts heraus.

»Hast du vergessen? Dass dein Schicksal in meinem Kopf drin ist. Geiles Gefühl! Jedenfalls bleiben dir noch vier Tage. Daran wird sich leider nichts ändern. Menschen wie du enden meistens so. Jetzt pass auf, was ich dir sage: Ob du es schaffst oder nicht, macht für mich kaum einen Unterschied. Ich ändere meine Entscheidungen nie. Wenn du es nicht schaffst, stirbst du. Es gibt noch andere Leute, die zu den gleichen Bedingungen für mich arbeiten. Du bist nur einer von vielen. Nur ein winziger Teil von mir. Was die oben an der Spitze kaum kümmert, ist für die unten eine Sache von Leben oder Tod. So funktioniert die Welt. Und das Allerwichtigste dabei …«

Kizaki hielt kurz inne.

»… Du hast mir keine Forderungen zu stellen. Und auch keine Fragen. Ist das so schwer zu kapieren? Vielleicht, aber dann schreib es dir einfach hinter die Ohren. Das Leben ist voller Ungerechtigkeiten. Stell dir vor, wie viele Kinder geboren werden und vor Hunger und Elend gleich wieder sterben. Sterben wie die Fliegen. So ist das auf unserer Erde.«

Kizaki legte auf.

Ich ging nach Shinjuku zurück, zu dem Gebäude, in dem Yonezawa verschwunden war. Allerdings ohne jede Hoffnung, ihn dort noch zu finden. Und selbst wenn – wahrscheinlich würde ich ohnehin nichts tun können. Ich floh aus den belebten Straßen mit den unzähligen Geschäften und Hotels und fand mich plötzlich in einer ruhigen, mir unbekannten Wohngegend wieder, wo sich ein Häuserblock an den anderen reihte. Es war schon spät, aber in vielen Wohnungen brannte noch Licht. Die Leute bleiben wohl länger auf, weil morgen Feiertag ist, dachte ich. Während ich in der Dunkelheit zu den Fenstern mit ihrem weichen, schummrigen Licht hochschaute, überkam mich ein Gefühl der Unruhe. Ich musste irgendetwas tun. Da merkte ich, dass sich die Innentasche meines Mantels nicht wie sonst anfühlte. Ich griff hinein und fand ein Portemonnaie sowie ein silberfarbenes Zippo-Feuerzeug. Im Portemonnaie waren neunundsiebzigtausend Yen, diverse Kreditkarten, ein Führerschein und der Mitgliederausweis eines Golfklubs. Mein Blick verengte sich. Ein Hund, dick wie ein Ballon, schaute mich reglos an und verzog sich dann wichtigtuerisch. Ich sah einen Mann im Regenmantel auf mich zukommen. Es regnet doch gar nicht, ging es mir durch den Kopf, und als ich noch einmal hinschaute, war dort kein Mann, sondern nur ein großer Fleck auf einer Mauer. Er hatte nicht einmal die Umrisse eines Menschen. Links, in einer schmalen Seitenstraße, entdeckte ich die Laterne einer Bar. Ich steckte die Brieftasche wieder ein und legte das Feuerzeug in den Korb eines umgekippten Fahrrads. Es war eine winzig kleine Bar. Die spärlich beleuchtete Tafel war so verwittert, dass man den Namen nicht entziffern konnte.

Drinnen gab es eine Theke mit vier Hockern, außerdem zwei kleine Tische. Ich setzte mich an einen Tisch und bestellte beim Barkeeper einen Whisky. Er machte einen ungepflegten Eindruck und würdigte mich keines Blickes. An der Theke saß ein volltrunkener Firmenangestellter. Wahrscheinlich war er Stammgast hier. Er schlief. Sein Kopf lag auf dem Tresen.

Aus kleinen Lautsprechern war klassische Musik zu hören. Der Barkeeper bewegte sich fahrig, wirkte abwesend, als würde seine Aufmerksamkeit nur der Musik gelten. Neben der Theke war ein Straßenköter angeleint. Er lag auf dem Boden und döste mit offenen Augen. Der Barkeeper stellte den Whisky on the rocks vor mich hin, ohne mir einen Blick zu gönnen. Müßig schaute ich mich um und dachte, kein Wunder, läuft dieser Laden nicht.

Schnell leerte ich meinen Whisky und bestellte einen zweiten. Der Barkeeper brachte eine Flasche sowie Eis und verschwand wieder hinter der Theke. Jetzt gab es niemanden mehr wie Ishikawa, der mich stets vor dem Suff bewahrt hatte, oder wie Saeko, die mich anspornte, noch mehr zu trinken. Ich spürte, wie der Alkohol mir langsam zu Kopf stieg und zuerst nur das Glas vor mir, dann alles um mich herum zu verschwimmen begann.

Außer dem Barkeeper, der seiner Musik lauschte, dem betrunkenen Angestellten im Anzug sowie dem gelangweilten Straßenköter, den seine Fessel nicht zu stören schien, war keiner da. Ich dachte über den Tod nach, auch darüber, wie mein Leben bisher verlaufen war. Ich hatte mich von allem abgewandt, hatte Gemeinschaft verschmäht, Glück und Licht und stattdessen meine Finger in fremde Taschen gesteckt. Ich hatte eine Mauer um mich errichtet und mich in die finsteren Ritzen des Lebens eingeschlichen. Komisch, und trotzdem wollte ich jetzt noch ein bisschen dableiben. Der Barkeeper saß auf seinem Hocker hinter der Theke, die Augen geschlossen. Von Musik verstand ich nichts. Ich schaute einfach nur zu, wie er ihr lauschte. Es gab vieles in meinem Leben, was ich nicht mochte, aber es gab auch einige

Dinge und einige Menschen, die ich nicht verlieren wollte. Leider war gerade diesen Menschen kein langes Leben vergönnt gewesen; sie hatten ein trauriges Ende gefunden. Ich fragte mich, was der Sinn meines Lebens war, ob das jetzt alles gewesen war und wie mein Tod aussehen würde.

Der Mann im Anzug schlief noch immer. Der Barkeeper saß wie versteinert da. Ich verspürte den Wunsch, den beiden so lange zuzuschauen, bis der Schlaf mich selbst übermannte.

16

In meiner Kindheit war da in der Ferne immer der Turm.

Wenn ich zwischen den ärmlichen Reihenhäuschen und heruntergekommenen Wohnbaracken in die Höhe schaute, konnte ich ihn immer schwach erkennen. Ein im Dunst emporragender Turm mit unscharfen Konturen, eine Erscheinung wie aus einem alten Tagtraum, wie aus einer anderen Zeit. Fremdartig und feierlich, so hoch, dass die Spitze nicht zu sehen war, so weit weg, dass er nicht zu erreichen war, unendlich fern und überwältigend schön.

Ich ging in einen Laden und steckte mir ein Onigiri in die kleine Tasche. Dinge, die anderen Leuten gehörten, wogen schwer in meiner Hand und fühlten sich an wie Fremdkörper. Aber ich hatte kein schlechtes Gewissen, fühlte keine Schuld. Mein heranwachsender Körper verlangte nach Nahrung, und es war mir unbegreiflich, warum ich dem Bedürfnis, mir diese Nahrung wie auch immer zu beschaffen, hätte widerstehen sollen. Die Regeln, die andere

Leute erfunden hatten, galten nicht für mich. Ich stopfte mir den Reisballen in den Mund, der in meiner Hand so schwer gewogen hatte, und verschlang ihn gierig. Mein Blick schweifte über die Strom- und Telefonleitungen, die schäbigen Häuserzeilen, den kleinen bewaldeten Hügel dahinter und weiter zu jenem fernen Reich mit dem hochaufragenden, geheimnisvoll umnebelten Turm. Er zog meinen Blick geradezu magisch an. Eines Tages würde dieser Turm vielleicht zu mir sprechen. Während ich meine Oberschenkel kratzte, die aus den zu kurzen Hosen herausgewachsen waren, spürte ich allmählich, wie das fremde Eigentum meinen Magen sättigte.

Ich hörte das vergnügte Kreischen einer Gruppe von Kindern in meinem Alter. Ein Junge mit langem Haar hielt ein Modellauto in der Hand. »Das kann man nur im Ausland kaufen!«, rief der Junge so laut, dass sich seine Stimme fast überschlug. Mit einer kleinen Fernsteuerung ließ er das hübsche, fein gearbeitete Auto herumflitzen. Es glänzte im Sonnenlicht.

Mein Herz klopfte, während ich die Szene beobachtete. Der Junge prahlte mit etwas, das er nicht selbst erstanden, das er nur geschenkt bekommen hatte. Was für ein Angeber, dachte ich. Der widerliche Kerl hat eine Lektion verdient, er soll sein Auto verlieren. Deshalb klaute ich es ihm. Da die Kinder mich nicht bemerkt hatten, war es ganz einfach. Seither erinnerten mich Dinge aus dem Ausland immer an den Turm.

Auf einem sandigen, steinigen Grundstück spielte ich allein mit dem Auto, doch es glänzte nicht mehr so schön wie zuvor. Etwas fühlte sich falsch an, störte mich. Irritiert stellte ich es in einiger Entfernung hin, gab vorsichtig Gas. Als das Auto losfuhr, war das komische Gefühl immer noch da. Wieder stoppte ich das Auto und stellte es in noch größerer Entfernung hin. Schließlich warf ich es in den schlammigen Fluss. Weit weg sah ich den Turm. Er stand unverändert da und hüllte sich in Dunst und Schweigen.

Ich habe mich nie gefragt, warum es diesen alten Turm jenseits meiner Stadt eigentlich gab. Er musste schon lange vor mir da gewesen sein. Die Welt war starr und unverrückbar. Die Zeit floss in ihrem eigenen, immer gleichen Tempo dahin, bestimmte den Lauf der Dinge und schob mich langsam vor sich her. Wenn ich jedoch meine Hände nach dem Eigentum fremder Leute ausstreckte, fühlte ich in der Anspannung des Moments so etwas wie Freiheit. Ich fühlte, dass es möglich war, mich von der beengenden Umgebung zumindest ein ganz klein wenig zu lösen.

Als ich in der Grundschule war, kam unser Klassensprecher eines Tages mit einer prachtvollen Uhr daher. »Sie gehört meinem Vater«, sagte er und zeigte sie unauffällig den Klassenkameraden, die sich um ihn scharten. »Sie ist sogar wasserdicht!« Die Kinder schauten wie gebannt auf dieses Wunderwerk, das auch weitertickte, wenn es nass wurde. Ich stahl es ihm.

Doch dann ließ ich die Uhr vor aller Augen fallen. Meine Hand war flink gewesen und die Uhr schon fast in meiner Hosentasche. Ich dachte, gleich hast du's geschafft. Aber das schwere Ding rutschte mir aus der Hand und fiel – klack! – auf den Boden. Alle starrten zuerst auf die Uhr, die nicht mehr tickte, dann auf mich. »Dieb!«, rief der Klassensprecher. »Jetzt ist sie kaputt. Weißt du, wie teuer die ist?! Ausgerechnet du mit deinen dreckigen Klamotten ...«

Das Gekreisch im Schulzimmer wurde lauter. Hände griffen nach mir, packten mich an Armen und Beinen. Ich wurde gerempelt und gestoßen und lag schließlich am Boden. »Dieb!«, »Dieb!«, tönte es von allen Seiten. Der junge Lehrer kam hinzu und packte mich ebenfalls am Arm. Die Rufe der Kinder schienen an seinen Nerven zu zerren. »Entschuldige dich!« Die Stimme des Lehrers dröhnte in meinen Ohren. »Wenn du sie wirklich gestohlen hast, dann entschuldige dich gefälligst!«

Im Rückblick war dieser Moment vielleicht eine

Befreiung, weil mein Tun sich zum ersten Mal der Außenwelt offenbarte – und nicht nur dem Turm. Ein solches Gefühl von Freiheit hatte ich bisher noch nie erlebt. In Schmach und Schande zu Boden gedrückt, war ich zugleich wie berauscht vor Glück. Wenn das Licht dir in die Augen scheint und du es nicht verhindern kannst, drehst du dich am besten in seine Richtung und folgst ihm. Ich verbarg mein seliges Grinsen nicht, leistete keinen Widerstand, blieb einfach liegen, festgehalten von unzähligen Armen. Durch das Fenster des Klassenzimmers konnte ich den Turm sehen. Vielleicht spricht er jetzt zu mir?, dachte ich. Wo er doch schon so lange dasteht … Aber der Turm stand auch jetzt nur da, schön und stumm wie eh und je, und gab kein Zeichen, ob er das Vergnügen, das mir aus der Demütigung erwuchs, billigte oder missbilligte. Ich schloss die Augen.

Ich nahm mir vor weiterzustehlen, tiefer und tiefer ins Reich der Schatten zu sinken, bis ich den Turm nicht mehr sehen würde. Je mehr ich stahl, so glaubte ich, desto weiter würde ich mich vom Turm entfernen. Schon bald empfand ich die Anspannung beim Stehlen als etwas unwiderstehlich Verlockendes, Lustvolles. Ich genoss das Prickeln in meinen Fingern, wenn sie die Dinge fremder Leute berührten, genoss die Wärme danach, die mich jedes Mal durchströmte. Es war ein Akt der Ablehnung jeglicher Werte, jeglicher Bindungen. Ich stahl sowohl Brauchbares als auch Unbrauchbares und warf das Unbrauchbare weg. Dieser Nervenkitzel, wenn meine Finger sich in eine verbotene Zone begaben, wenn sich in meinen Fingerspitzen das Gefühl der Fremdheit verflüchtigte... Ich kann nicht sagen, ob ich irgendwann eine bestimmte Linie überschritten hatte oder ob es einfach nur das Alter war; jedenfalls stellte ich eines Tages überrascht fest, dass der Turm verschwunden war.

17

Als ich die Mutter des Jungen anrief, wollte sie lieber ins Hotel. Wir trafen uns vor einer Pachinko-Spielhölle, in einer Gegend mit zahlreichen Hotels. Es war mitten am Tag. Kaum auf dem Zimmer, begann sie sich auszuziehen. Sie habe schon gewusst, dass ich mich wieder melden würde, sagte sie. Zuerst wollte ich etwas erwidern, packte sie dann aber und zog sie zu mir aufs Bett. Wenn ich sie verärgerte, würde es schwierig sein, mit ihr zu reden, und außerdem quälte mich der Gedanke, bald sterben zu müssen. Noch ein letztes Mal wollte ich den Körper einer Frau berühren. Sie stieg auf mich, krallte ihre Fingernägel in mein Fleisch und kam, sicher wegen der Pillen, mehrmals hintereinander.

Danach stand sie vom Bett auf und öffnete, nackt, wie sie war, einen Spaltbreit den Vorhang. Gegenüber sei ein neues Shoppingcenter eröffnet worden, sagte sie und kratzte sich dabei an der Wange. Sie wollte es mir aus irgendeinem Grund zeigen. Am

Boden lagen ihre Kleider wie ein zerfetzter, plattgedrückter Körper. Durch den Vorhang drang ein schmaler Streifen Sonnenlicht. Ich richtete mich ein wenig auf.

»Übrigens«, begann ich, unsicher, ob es der richtige Moment war oder nicht. »Wie wär's, wenn du den Jungen in Obhut geben würdest?«

Sie drehte sich um, starrte mich an.

»Dir?!«

Plötzlich schien ein Lächeln um ihren Mund zu spielen.

»Nein, in ein Kinderheim.«

»Wäre das möglich?«

Ich hatte Empörung erwartet, doch sie schloss den Vorhang wieder und kam zu mir ins Bett zurück.

»Ich denke schon. Es ist aber mit einigem Papierkram verbunden.«

»Nein, das will ich nicht«, sagte sie abrupt, drehte sich von mir weg und griff nach einer Zigarette.

Sie meint wohl den Papierkram, dachte ich.

»Ich muss für eine Weile weg und kann den Jungen nicht mehr treffen. Es wäre vielleicht besser für ihn, wenn er nicht bei dir lebt. Dann gäbe es auch weniger Probleme mit deinem Macker, oder? Wenn du den Jungen in einem Heim unterbringst, gebe ich dir fünfhunderttausend Yen. Was meinst du?«

»Wie bitte?!«

Langsam wandte sie sich mir wieder zu. Wie ihre Lippen waren auch ihre Augen ein wenig feucht, schimmerten traurig. Ich merkte, dass ich schon wieder scharf auf sie wurde, und schaute weg.

»Mein Freund schlägt ihn oft in letzter Zeit. Daran stirbt er nicht, aber so was wie Misshandlung ist das schon, oder? Sieht man doch immer in den Nachrichten. Nein, das will ich auf keinen Fall. Da kommt die Polizei und … War das eben wirklich ernst gemeint?«

»Ich habe genug Geld. Nicht der Rede wert. Melde dich bei der Erziehungsberatungsstelle und bitte sie um Hilfe. Wenn das nicht klappt, ruf diese Nummer an. Eine Betreuungsstätte für Kinder, der du vertrauen kannst. Wenn du nur das Geld nimmst und den Jungen seinem Schicksal überlässt, bekommst du ein Problem. Ich bin zwar weg, aber meine Kumpels werden ein Auge auf dich haben. Leute von der Yakuza. Du verstehst, ja?«

Ich weiß nicht, ob sie mir überhaupt zuhörte. Plötzlich fing sie an, meine Lippen zu lecken.

»Wären meine Eltern da, könnte ich das Kind bei ihnen lassen. Aber da ist niemand … Ich hab mich gefragt, was ich tun soll … Stimmt, so ’ne Einrichtung wär schon was. Daran hab ich gar nicht gedacht. Ich ruf mal diese Nummer an, okay? Aber mit dem Geld könnte ich auch 'ne tolle Reise machen!«

Ich reichte ihr den Notizzettel. Sie steckte ihn ins Portemonnaie. Als ich das Geld aus meinem Mantel nahm, sagte sie ungläubig: »Jetzt?«, doch ein paar Sekunden später war es in ihrer Tasche verschwunden. Ihr rechtes Auge zuckte.

»Du bist großartig. Wahnsinn, ich freue mich so! Was kauf ich mir denn jetzt ... Ehrlich gesagt, wozu sind Kinder eigentlich gut? Die sind doch nur am Anfang süß. Findest du nicht auch?«

Als ich zu Hause aus dem Taxi stieg, stand der Junge da. In den Händen hielt er eine Cola und eine Dose Kaffee. Den Kaffee, den ich oft trank. Wortlos streckte er mir die Dose entgegen. Ich nahm sie und machte sie sofort auf. Der Junge betrachtete mein braungefärbtes Haar, sagte aber nichts. Der Kaffee war fast kalt.

Ich ging kurz in meine Wohnung, und als ich wieder herauskam, folgte er mir. Ein Auto in der Nähe startete mit quietschenden Reifen, beschleunigte und raste davon. Der Junge erschrak so sehr, dass er den Saum meines Mantels packte. Es war ein tiefliegendes Auto, aus dem laute, stampfende Musik dröhnte. Ein kleines Mädchen, das sich ebenfalls an die Jacke seines Vaters klammerte, kam uns entgegen. Der Vater sagte etwas zu seiner Tochter. Sie antwortete mit unzufriedener Miene. Schweigend gingen wir aneinander vorbei.

Ein Stück außerhalb der Stadt spazierten wir gemächlich am Ufer eines kleinen Flusses entlang. Der Weg war gepflegt, aber das Wasser trüb vor Schmutz. Plastikflaschen und allerlei Müll schwammen darin. Den Jungen schien etwas zu beschäftigen, doch es wollte ihm nicht über die Lippen kommen. Ich steckte mir eine Zigarette an und schaute auf die träge dahinfließende Brühe.

»Ich habe mit ihr gesprochen. Ein Kinderheim wäre wirklich okay für dich? Dann musst du von zu Hause weggehen.«

»Hm, okay.«

In seiner Stimme lag eine gewisse Entschiedenheit.

»Falls deine Mama dich zu Hause behalten will und du das nicht möchtest, dann ruf diese Nummer hier an. Es ist ein gutes Heim. Die kümmern sich um dich.«

Ich reichte ihm einen kleinen Zettel. Der Junge starrte auf die Zahlen, als wolle er sie sich sofort einprägen.

»Du kannst ein neues Leben anfangen. Es ist möglich. Vergiss das Klauen, egal, ob Essen oder Geld oder sonst was.«

»Warum denn?«

Er schaute zu mir hoch.

»Weil du sonst nie deinen Platz in der Welt finden wirst.«

»Aber…«

»Hör auf. Vergiss es einfach.«

Bei dem Leben, das ich führte, war ich zweifellos nicht befugt, einem Kind Ratschläge zu geben.

»Hier, das ist für dich.«

Ich hielt ihm eine kleine Schatulle hin.

»Was ist das?«

»Etwas, was ich nicht brauche. Öffne die Schatulle erst, wenn es dir richtig schlechtgeht, wenn du Kraft brauchst, wenn du denkst, du kannst nicht mehr, und nur noch sterben willst. Ist es nicht toll, so was zu haben?«

»Und wenn die mir jemand klaut?«

»Dann lass sie uns irgendwo vergraben!«

In der Nähe war eine Anhöhe, zu der ein rotbraun gepflasterter Weg führte. Langsam trotteten wir hinauf. Unterwegs kamen wir an einer Steinskulptur vorbei, eine lachende Frau. Ihr Lachen wirkte, als wäre sie verrückt geworden. Mit der leeren Dose und bloßen Händen gruben wir hinter der Skulptur ein tiefes Loch in die Erde. Die Schriftzeichen auf dem Sockel waren verwittert, aber es musste sich um irgendein Denkmal handeln. Hier bestand kaum Gefahr, dass gebaut wurde und jemand dabei die Schatulle entdeckte.

»Und wenn du sie nicht mehr brauchst, gib sie einem Kind, das so ist wie du.«

Schweigend gingen wir weiter. Die Sonne begann allmählich unterzugehen, die Luft wurde kühl. Auf der Anhöhe war ein großer Platz. Ein Tennisball lag am Boden. Ich hob ihn beiläufig auf und wischte die Erde ab. In der Nähe einer Sitzbank auf der anderen Seite des Platzes warfen ein Junge und sein Vater einen Ball hin und her. Der Junge war etwa gleich alt wie der an meiner Seite, sein Wurf war schwächlich und ungeschickt. Jedes Mal, wenn er den Ball warf, rief der Vater ihm etwas zu. Auf der Bank lagen eine Digitalkamera und eine Spielkonsole, die wohl ihnen gehörten.

»Bist du gut im Ballwerfen?«

»Weiß ich nicht.«

»Mal sehen, ob du es besser kannst als dieser kleine Stümper.«

Ich warf den Tennisball weit in die Luft. Der Junge zögerte einen Moment und rannte dann los, um ihn zu fangen. Die anderen beiden hatten uns bemerkt und schauten herüber. Der Junge hob den Ball auf, warf ihn kraftvoll zurück. Als ich ihn fing, spürte ich einen stechenden Schmerz in den Fingern. Mit mehr Schwung als beim ersten Mal warf ich ihn dem Jungen wieder zu, aber er holte sich den Ball mit beiden Händen und schleuderte ihn energisch zurück. Der Junge sah, wie ich den Ball vergeblich zu fangen versuchte, und lachte. Vater und Sohn beobachteten uns noch immer. Erst nach einer Weile wurde mir klar, dass wir wohl mit ihrem Tennisball spielten. Ich bedankte mich höflich und warf ihnen den Ball von unten zu.

»Hör mal«, sagte ich zu dem Jungen, der etwas außer Atem auf mich zugerannt kam. »Ich muss für lange Zeit weg, weit weg. Wir können uns nicht mehr sehen. Trotzdem … Vergeude dein Leben nicht. Und selbst wenn's dir dreckig geht, reiß dich zusammen. Am Ende bist du der Gewinner.«

Der Junge nickte. Er nahm mich nie bei der Hand, aber auf dem Rückweg hielt er wieder den Saum meines Mantels.

»Und jetzt kauf dir erst mal Kleider. Ich meine, richtige, warme Kleider. Ja?«

18

In meinem schwarzen Mantel stand ich am Ende des Bahnsteigs und beobachtete Yonezawa.

Während ich vorgab, Zeitung zu lesen, tastete ich nach dem Messer in meiner Tasche. Yonezawa blickte mürrisch zu einer Gruppe von Kindern, die laut lachten. Als eine Frau an ihm vorüberging, schaute er ihr lange hinterher. Den Blick zu Boden gerichtet, machte er ein paar Schritte und stieß mit einem Mann zusammen, der Kleidung nach ein Geschäftsmann. Er entschuldigte sich nicht. Der Zug kam, Yonezawa stieg ein, ich hinterher. Der Zug war gut gefüllt, aber nicht so voll, dass man aneinandergedrückt wurde. Ich stand etwas entfernt von ihm und las meine Zeitung. Yonezawa lehnte sich im hin und her schwankenden Waggon an die Tür, seine Arme hingen schlaff herab.

In Ikebukuro stiegen viele Fahrgäste aus, aber noch mehr stiegen zu. Eine Gruppe von Oberschülerinnen in Trainingsanzügen kam angerannt und quetschte sich im letzten Moment hinein. Jetzt oder nie, dachte ich, faltete die Zeitung und versuchte in Yonezawas Nähe zu kommen. Doch der war ganz auf die Schulmädchen fixiert und drängelte sich, mit der Zunge schnalzend, langsam zu ihnen durch. In dem überfüllten Wagen wirkte sein Verhalten auffällig. Als er in unmittelbarer Nähe der Mädchen war, blieb er stehen und stierte sie an. Er sagte nichts zu ihnen und versuchte auch nicht, sie zu betatschen. Stand einfach nur da und stierte.

Wenn ich mich jetzt bewege, merkt er es vielleicht, dachte ich, und wartete bis zum nächsten Halt. Es stiegen nur wenige Leute aus oder ein. Ich schlängelte mich zu ihm durch und stand jetzt hinter ihm. Eine der Schülerinnen sträubte sich gegen Yonezawas aufdringliche Nähe. Mit zwei Fingern fasste ich den Stoff unter dem linken Ärmel seines Mantels. Als die Schülerin schützend ihre Tasche vor sich hielt, wich Yonezawa ein wenig zurück. In dem Moment schnitt ich den Stoff langsam von oben nach unten auf. Doch der Schlitz ermöglichte keinen Zugang zur Innentasche des Mantels. Regungslos atmete ich aus. Die Luft im Wagen war dick. Mir wurde heiß. Yonezawa starrte auf die Tasche vor seiner Brust und schien sich dann, weil es mit dem Annäherungsversuch nicht klappen wollte, aufs Begaffen der Mädchen zu beschränken. Er neigte den Kopf und fingerte an seinem Mantelkragen herum.

Es konnte nur noch Sekunden dauern, bis sein Blick auf den Schlitz an der Seite fallen würde. Mein Puls raste. Mit angehaltenem Atem streckte ich meinen linken Fuß aus und stieß gegen das Bein einer Schülerin. Sie zuckte zusammen, schrie kurz auf und drehte sich langsam zu dem überraschten Yonezawa. Fast unmerklich zitterte seine hagere Gestalt. Noch einmal führte ich das Messer in den Schlitz und schnitt mit der Messerspitze Stück für Stück die Innentasche auf. Ich spreizte die Finger, hielt das Messer mit Daumen und Zeigefinger, während Mittel- und Ringfinger den Umschlag fassten. Ein Schauer rann von meinen Fingern bis hinauf zur Schulter. Trotz der Anspannung blieb ich ruhig und konzentriert – und zog den Umschlag heraus. Ein flüchtiger Blick verriet mir, dass er anders aussah als das gefälschte Doppel. Scheiße, das haut nicht hin, schoss es mir durch den Kopf. Mir war, als stürze der Boden unter mir ein. Die Schülerin wandte sich, vielleicht weil sie Angst hatte, wieder ab. Kurz darauf kamen wir in Shinjuku an.

Auf dem Bahnsteig nahm ich den Umschlag hervor. Yonezawa ließ ich dabei nicht aus den Augen. Das Doppel war grün und weiß, aber dieser hier war braun, einer, wie er oft benutzt wurde. Meine Finger zitterten ein wenig. Als ich den Umschlag gegen das Licht hielt, war innen ein zweiter zu erkennen. Ich öffnete ihn, und zum Vorschein kam ein grün-weißer Umschlag, genau wie meiner, mit dem gleichen aufgedruckten Firmennamen. Erleichtert atmete ich auf, allerdings war der Umschlag vergilbt und abgenutzt. Der Unterschied zur Fälschung, die wie neu aussah, stach sofort ins Auge. Riesige Gebäude umzingelten den Bahnsteig. In meinem Kopf hämmerte es. Ich war unentschlossen, was ich als Nächstes tun sollte.

Yonezawa verließ den Bahnhof durch den Ostausgang und tauchte ins Menschengewühl. Als er eine Gruppe schrill gekleideter Frauen erspähte, blieb er stehen und schaute ihnen nach. In dem Moment trafen sich fast unsere Blicke. Ich ging zum Bahnhof zurück, kaufte mir am Kiosk einen Dosenkaffee und lehnte mich an die Glasscheibe vor dem Ausgang, den Rücken zur Straße gewandt. Ich atmete tief durch, holte mein Handy hervor und tippte Yonezawas Nummer ein, die ich auf einen Zettel notiert hatte. Schweiß lief mir übers Gesicht.

Auf dem Platz vor dem Alta* konnte ich Yonezawa sehen. Er stand da und schien mit sich selbst zu reden. Die Leute in der Nähe blickten ihn misstrauisch an. Mit einer Hand befühlte er die linke

* Bekanntes Gebäude mit verschiedenen Geschäften und Boutiquen, betrieben von der Kaufhausgruppe Isetan Mitsukoshi. Im 6. Stock befindet sich ein Fernsehstudio. (A. d. Ü.)

Seite seines Mantels, schaute immer wieder umher, merkte dann plötzlich, dass sein Handy klingelte, und nahm es aus der Tasche. Als er sich meldete, atmete er schwer.

»Yonezawa?«, fragte ich ruhig.

Keine Antwort.

»Ich frage, ob da Yonezawa ist!«

»Wer ist dran?«

»Dein Umschlag ist weg, oder?«

Yonezawa krächzte etwas Unverständliches. Das Handy ans Ohr gepresst, lief er in meine Richtung, blieb wieder stehen und musterte die Leute auf dem Platz. Ich hatte keine Lust, direkt mit jemandem zu verhandeln, der eine Waffe bei sich trug.

»Du kannst noch lange in der Gegend rumschauen. Bringt nix. Ich beobachte dich mit einem Fernglas, von einem Gebäude aus.«

»Wer sind Sie?«

»Das geht dich nichts an.«

Er kam immer näher. Ich entfernte mich ein wenig von dem Glas, das sich beschlagen hatte. Ein Mann, vermutlich ein Polizist in Zivil, ging schnellen Schrittes an mir vorüber.

»Mit eingenähten Sachen herumzulaufen ist eher ungewöhnlich, findest du nicht? Jemand hat mich beauftragt, ihm den Umschlag zu beschaffen. Aber ich traue ihm nicht; deshalb habe ich mir was ausgedacht ... Dieser Umschlag scheint viel Geld zu bringen. Ich nehme an, du brauchst ihn? Keine Ahnung, warum ein banaler Umschlag so kostbar sein soll. Wenn du ihn zurückhaben willst, beantworte meine Fragen.«

»Bist du einer von der Firma? Oder von Yadas Kerlen?«

»Das spielt keine Rolle.«

»Ich bring dich um.«

Die Leute in der Nähe schauten irritiert zu, wie er mit dem Bein, das er nachzog, auf dem Platz umherirrte. Durch das Bahnhofsgebäude ging ich ins benachbarte Kaufhaus.

»Antworte mir.«

»Ich ... ich wusste es.«

»Was denn?«

»Dass ich verfolgt werde. Die haben mich verarscht, diese Schweine. Aus dem Grund wollte ich das Haus nicht verlassen.«

»Wenn du noch lange dummes Zeug redest, schmeiß ich ihn weg.«

Yonezawa wurde still. Ich ging zur Toilette und schloss mich in einer Kabine ein.

»Sag mir zuerst, was in dem Umschlag ist.«

»Nein. Warum sollte ich?«

»Warum nicht?«

»Weil sie mich sonst umbringen. Gib ihn zurück!«

»Ich verbrenne ihn.«

Wieder gab Yonezawa unverständliche Laute von sich.

»Ich bitte dich, verdammt noch mal. Gib ihn mir zurück!«

»Er wird gerade ein bisschen nass …«

»Hä?!«

»Ich habe Kaffee verschüttet. Wenn du mir nicht bald antwortest, kommen auch die Dokumente dran.«

Ich befeuchtete meine Finger mit Dosenkaffee und verteilte die Flüssigkeit vorsichtig über den ganzen Umschlag.

»Hör sofort auf!«

»Ach, was für 'ne Sauerei. Das macht richtig Spaß!«

»Also gut. Ich zahle.«

»Jetzt falte ich ihn …«

»Hör mal, die Papiere bringen dir nichts. Ohne die richtigen Kanäle sind sie wertlos. Ich gebe dir Geld. Dreihunderttausend.«

»Und jetzt sind es bald nur noch Fetzen …«

»Okay, fünfhunderttausend. Mehr hab ich nicht. Aber von den andern kriegst du sicher auch nicht mehr.«

Ich zerknitterte die Ecken des Umschlags und verglich ihn mit dem Original. Das Doppel sah jetzt schmuddeliger und abgegriffener aus als das Original. Und wenn man genau hinschaute, war der runde Stempel in der Mitte fast an der gleichen Stelle, nur ein wenig anders ausgerichtet.

»Na gut, wie du willst. Das Geld kommt mir gerade recht.«

»Arschloch.«

»Wenn du so weiterredest, schmeiß ich ihn wirklich weg.«

Ich hätte ihm den Umschlag einfach übergeben können, aber das würde vielleicht sein Misstrauen wecken. Beim Verlassen der Toilette begegneten mir mehrere Leute. Ich ging wieder in den Bahnhof zurück und stieg die Treppe zum Ostausgang hinauf.

»Hol jetzt sofort das Geld in der Bank. Dann deponierst du es in einem der Schließfächer am Osteingang der Marunouchi-Linie. Den Schlüssel legst du in den Getränkeautomaten neben dem Kiosk, ganz rechts in die Entnahmeöffnung. Ich weiß nicht, warum, aber heute scheinen viele Bullen in Zivil auf der Pirsch zu sein. Pass auf, was du tust.«

»Bullen?«

»Wen kümmert's. Denk ja nicht daran, das Schließfach zu überwachen. Geh direkt dahin zurück, wo du jetzt bist. Ich kann dich gut sehen. Wenn alles läuft, wie es soll, lege ich den Umschlag ins gleiche Schließfach und den Schlüssel an den gleichen Ort im Getränkeautomaten. Perfekter Deal.«

»Warum sollte ich dir trauen? Wenn tauschen, dann von Angesicht zu Angesicht.«

»Du hast keine Wahl.«

Ich legte auf. Als ich aus dem Bahnhofsgebäude trat, konnte ich in einiger Entfernung Yonezawa sehen, der noch immer sein Handy umklammert hielt und plötzlich davoneilte. Ich folgte ihm in sicherem Abstand und ließ ihn nicht aus den Augen. Er verschwand in einer Bank.

Ich änderte die Richtung und steckte mir im Raucherbereich vor dem Alta eine Zigarette an. Es kam mir vor, als hätte ich lange keine mehr geraucht. Ich schaute in die Höhe. Eine Nachrichtenmeldung erschien auf dem Großbildschirm. Beim Westeingang des Bahnhofs Shinjuku war mitten in seiner Rede ein Politiker erschossen worden. Die Leute auf der Straße gerieten in Aufregung. Der Sprecher verkündete die Nachricht mit einem Ernst, als sei er selbst das Opfer.

Yonezawa kam von der Bank zurück, überquerte einen Fußgängerstreifen und ging auf den Osteingang des Bahnhofs zu. Als er den Menschenauflauf bemerkte, drehte er sich um und schaute zum Bildschirm hoch. Er blieb stehen. Ich wandte mich ab, rauchte weiter meine Zigarette und wartete, bis er wieder weiterging. Ich folgte ihm.

Yonezawa öffnete ein Schließfach und legte etwas hinein. Dann zog er sich am Automaten ein Getränk. Er beobachtete seine Umgebung genau. Durch den Ostausgang ging ich nach draußen. Nach geraumer Zeit sah ich ihn aus dem Gebäude kommen. In der Mitte des Platzes blieb er stehen und schaute um sich. Ich ging wieder in den Bahnhof, wählte seine Nummer, sagte ihm, dass er den Umschlag in zehn Minuten holen könne, und legte auf. Ein großgewachsener Mann, der wie ein Bulle aussah, hastete mit dem Mobiltelefon in der Hand an mir vorbei. Laut fluchend verschwand er im Menschengewühl.

Ich nahm den Schlüssel aus dem Getränkeautomaten und öffnete das Schließfach. Vor mir lag der Umschlag einer Bank. Ich prüfte den Inhalt. Tatsächlich war Geld darin. Ich legte meinen gefälschten Umschlag in das Fach, zog am Getränkeautomaten einen Kaffee und ließ beim Entnehmen der Dose den Schlüssel zurück.

Auf einen Schlag wich die Anspannung von mir. Am liebsten hätte ich mich an Ort und Stelle hingesetzt, doch die Sache war noch nicht erledigt. Erst wenn er den Umschlag hatte, wenn ich mir sicher sein konnte, dass er den Diebstahl nicht bemerkte, das heißt, die Fälschung als Original akzeptierte – erst dann war der Tausch geglückt. Mich unauffällig unter die Leute mischend, hielt ich nach ihm

Ausschau. Da kam er. Yonezawa öffnete das Schließfach und überprüfte den Umschlag. Mein Herz stand still. Ohne noch einmal nachzusehen, steckte er den Umschlag in die Tasche. Ich wählte seine Nummer.

»Hast du ihn?«

Er antwortete nicht sofort.

»Hörst du mich?«

»Er sieht ziemlich mitgenommen aus. Echt 'ne Schweinerei.«

Aus seinem Verhalten folgerte ich, dass er nichts bemerkt hatte.

»Deine Schuld. Ich hab dich ja gewarnt. Ich hätte ihn auch einfach behalten und abhauen können, aber das wäre mir zu riskant gewesen. Letztlich habe ich dir einen Gefallen getan. Du solltest mir dankbar sein.«

»Irgendwann begegnen wir uns. Dann bring ich dich um.«

»Versuch's doch.«

Ich beendete den Anruf, und alle Kraft wich aus meinem Körper. Gerne hätte ich jetzt eine Zigarette geraucht. Da bemerkte ich, wie einige Leute sich umdrehten, weil hinter mir etwas los war. Yonezawa hatte vor den Schließfächern einen jungen Mann am Handgelenk gepackt. Der Bursche, dessen Finger sich um ein Handy krallten, trug eine große

Tasche bei sich und wirkte verwahrlost, wie ein Herumtreiber. Es wäre einfach gewesen, mich aus dem Staub zu machen. Da kam mir Yonezawas Knarre in den Sinn. Ich ging langsam auf ihn zu und ließ abermals sein Handy klingeln. In dem Moment schienen sich unsere Blicke zu treffen, obwohl wir noch weit voneinander entfernt waren. Ich schaute weg, spürte aber, dass er mir immer näher kam. Mein Puls pochte wie wild. Ich überlegte, die Verbindung zu kappen, doch wenn ich jetzt am Handy herumfummelte, würde ihm sofort klar sein, dass ich der Typ am anderen Ende war. Also steckte ich das Handy, noch immer auf Anruf, in die Tasche und versuchte zwischen den vielen Leuten zu verschwinden. Jedes Mal, wenn ich zurückschaute, traf mich Yonezawas Blick. Aus dem Augenwinkel konnte ich sehen, dass er sich wie ein Wahnsinniger den Weg durchs Gewühl bahnte. Jetzt loszurennen wäre fatal, dachte ich, und stieg so gelassen und ungezwungen wie möglich die Treppe hinauf. Doch da war er bereits neben mir und packte mich am Arm. Sein Griff schnürte mir die Kehle zu. Sie fühlte sich trocken und rauh an.

»Du also?!«

»Wie bitte?«

Yonezawa keuchte.

»Wo ist das Geld!«

Ich tat überrascht, als wüsste ich nicht, worum es ging. Mein Herz hämmerte.

»Der Umschlag war da. Aber der gehörte von Anfang an mir. Los, her mit dem Geld! Und mach bloß keine Mätzchen.«

Yonezawa kam dicht an mich heran und drückte mir etwas in den Magen. Ohne hinzuschauen, wusste ich, dass es eine Pistole war. Ich sah Kizakis Gesicht, und mir war, als würden auch Ishikawa und Saeko mich beobachten. Direkt vor mir hatte ich jene Visage, die mir schon auf dem Foto von Anfang an zuwider gewesen war.

»Hören Sie auf, ich bitte Sie.«

»Ich kenne dich von irgendwoher. Keine Frage, du bist es. Du musst es sein.«

Einige Passanten in der Nähe schielten zu uns herüber, aber sonst beachtete uns niemand. Yonezawas Handy klingelte und klingelte, endlos wie ein religiöses Ritual. Seine Augen quollen aus den Höhlen, Bäche von Schweiß rannen ihm übers Gesicht. Ich versuchte, mich nicht aus der Ruhe bringen zu lassen, auch wenn es unglaubhaft wirkte.

»Entschuldigen Sie, was habe ich Ihnen angetan?«

»Wie bitte? Bin ich verrückt geworden? Scheiße, ich knall dich ab … Wo ist er? Quatsch, du bist es! Wenn nicht, bin ich am Arsch!«

Er versprühte Spucke, während er sprach. Plötzlich fing er an, in meinen Taschen zu wühlen. Ich überlegte, ob es besser war, alles zuzugeben, doch sein aufgebrachter, unberechenbarer Zustand hielt mich davon ab. Und was, wenn er den richtigen Umschlag entdeckte? Ein Schlamassel. Trotz der Gefahr, dass er mich dann erschoss, dachte ich an Flucht. Da wurde Yonezawa von einem Mann am Arm gepackt.

»Mr. Yada entkommt keiner«, sagte der Fremde. »Aber du hast es weit geschafft... Yonezawa, nicht wahr? Endlich haben wir dich.«

Blitzartig versetzte Yonezawa ihm einen Faustschlag und jagte davon, mitten durch die Menge der Passanten, die sich nach uns umdrehten. Ich stand verdutzt da. Hau ab!, sagte mir eine innere Stimme, aber zu spät, der Typ hatte mich bereits gefasst. Warum verfolgte er nicht Yonezawa? Warum fing er mich? Ich war wie gelähmt, überzeugt, dass nun alles zu Ende war. Der Typ umklammerte meinen Arm noch fester.

»Ich staune... Du hast es tatsächlich hingekriegt.«

Er zeigte seine gelben Zähne.

»Ich hab alles mitbekommen. Weil Kizaki mich beauftragt hatte, Yonezawa auf der Stelle zu töten und die Dokumente an mich zu nehmen, wenn du versagst. Ich wusste nicht, was du vorhattest. Ich dachte, du würdest abhauen. Um ein Haar hätte ich dich auch abgeknallt. Wär vielleicht sogar besser gewesen. Mit dem Tumult hätten wir von dem Ding auf der Westseite ablenken können.«

Im Auto zog der Mann eine dünne kugelsichere Weste aus. Er lachte und versicherte mir, was für ein Gewinn ich für Kizakis Gang sein würde. Ihm fehlte ein Ohr. Als er mir seinen tätowierten Arm um die Schultern legte und vorschlug, mal zusammen trinken zu gehen, klingelte mein Handy. Es war, wie nicht anders zu erwarten, Kizaki.

»Hast du ihm die Papiere gegeben?«

»Noch nicht ...«

»Du bist vorsichtig. Das gefällt mir.«

Kizaki lachte, aber ich hatte keine Ahnung, wie die neue Situation einzuschätzen war.

»Weil ich dich ja beauftragt hatte, mir den Umschlag persönlich zu übergeben. Aber gut, gib ihm deine Beute.«

Ich tat wie geheißen.

»Und dann kommst du erst mal zu mir. Maejima bringt dich her.«

Er legte auf. Ich seufzte. Mit der Bande, die Ishikawa umgebracht hatte, wollte ich nichts zu tun haben. Wirklich nicht.

In meiner Innentasche war noch immer das Messer, mit dem ich Yonezawas Mantel aufgeschnitten hatte. Warum damit nicht Kizaki töten?, ging es mir durch den Kopf. Natürlich würde ich dann selbst sofort sterben, das war mir klar. Bei diesem Gedanken regte sich heftiger Widerstand in mir. Was mich zurückhielt, wusste ich nicht. Aber mein Bestreben, nichts falsch zu machen, war ein deutliches Zeichen dafür, dass mich etwas an dieses Leben fesselte. Fieberhaft kreisten meine Gedanken um die Frage, wie ich mich Kizakis Schlinge noch entziehen konnte.

Als wir auf dem Parkplatz hielten, ließ mich der Typ namens Maejima zuerst aussteigen. Das Handy an das eine Ohr gedrückt, bedeutete er mir, den Weg zwischen den Gebäuden bis ans Ende zu gehen, da sei eine Tür. Dann setzte er sein Telefongespräch fort. Die Lücke zwischen den Geschäftshäusern konnte man kaum als »Weg« bezeichnen; es kamen gerade mal zwei Personen knapp aneinander vorbei. Es gab weder Schilder noch sonst einen Hinweis darauf, welche Firmen sich in den Gebäuden befanden. Mir war die Sache nicht geheuer, aber ich hatte keine andere Wahl. Ich musste zu Kizaki.

Der Durchgang war eng, es roch moderig. Jemand kam vom anderen Ende auf mich zu. Ich wollte zurück, doch von hinten näherte sich Maejima, er wirkte jetzt noch größer als zuvor. Warum ist er plötzlich so groß?, dachte ich und drehte mich wieder um. Da wurde direkt vor mir ein Schirm aufgespannt. Als er mich traf, spürte ich in meinem Bauch eine gewaltige Hitze. Meine Kräfte schwanden, ich sackte zu Boden. Es brennt, tut aber nicht weh, stellte ich erstaunt fest. Jäh durchfuhr mich ein rasender Schmerz, als würde eine Hand meine Innereien zerquetschen. Mein Atem stockte. Am ganzen Körper zitternd, musste ich würgen, aber nichts kam. Der Schmerz breitete sich zur Brust hin aus, fraß sich bis in die Arme hinein. Vor meinen Augen begann alles zu flimmern. Mir wurde bewusst, dass ich tief in meinem Körper schwer verwundet worden war. Dunkles Blut tropfte auf den Betonboden. Ich sah Schuhe vor mir und versuchte, den Kopf zu heben, aber es gelang mir nicht.

»Dumm gelaufen!«

Es war Kizakis Stimme.

»Und das, obwohl deine Arbeit perfekt war … Du fragst dich, warum?«

Jemand fasste an meinen Mantel und zog ihn mir rabiat aus. Ich wurde zur Seite gerollt, konnte nicht mehr atmen. Mir wurde schwarz vor Augen. Als ich wieder zu mir kam, waren die Schmerzen immer noch da.

»Ob du es schaffst oder nicht – ich hatte von Anfang an entschieden, dass du an diesem Ort sterben wirst. Aus einem bestimmten Grund brauchen wir hier eine Leiche. Es ist ein wenig zu früh, aber in einer Stunde wird sich alles klären.«

Kizaki schien zu lächeln.

»Schade, dass du nicht mehr erleben kannst, was geschehen wird … O ja, spannende Zeiten brechen an in diesem Land. Das ganze System mit seinen korrupten, machtgierigen Aasgeiern wird sich ändern, und zwar dramatisch! Auch das einfache Volk wird es spüren. Die Welt wird kochen. Aber …«

Kizaki sah mich eindringlich an. Seine Augen hinter den dunklen Gläsern verengten sich zu schmalen Schlitzen.

»… sogar das langweilt mich.« Er lachte laut. »Die Hölle ist überall. Schau mal, jetzt zittere ich ein wenig. Weil ich gerade die letzten Momente im Leben eines beliebigen Menschen miterlebe – genau so, wie ich es bestimmt habe, auf diese Art, an diesem Ort. Ein einzigartiges Vergnügen. Morgen verlasse ich dieses Land für ein Weilchen. Ich habe noch einiges vor. Appetit auf mehr, viel mehr.«

Obwohl Kizaki dicht neben mir war, hörte ich seine Stimme wie von fern.

»Erinnerst du dich an die Geschichte mit dem Jüngling? Genau wie er fragst du dich jetzt, was mit deinem Leben geschehen ist. Und wie er stirbst auch du. Kläglich, hoffnungslos. In diesen engen Durchgang hier kommt niemand. Es ist aus.«

Kizakis Körper bewegte sich.

»Ich wette, du hast keine Ahnung, warum du sterben musst, warum es so gekommen ist. Das Leben ist unergründlich. Hör mir gut zu. Weißt du überhaupt, welche Rolle ich in deinem Leben gespielt habe? Glaubst du an das Schicksal? War ich der Herrscher über dein Schicksal, oder war es dein Schicksal, von mir beherrscht zu werden? Egal – ist es nicht am Ende ein und dasselbe?«

Kizaki verstummte. Er gab mir einen letzten Tritt. Von einer nahen, belebten Straße drangen Stimmen und Geräusche zu mir. Ein Schatten huschte davon, und schon bald konnte ich Kizakis Schritte nicht mehr hören.

Ich versuchte, mich an der Wand halbwegs aufzurichten und mit den Händen das heraussickernde Blut zu stoppen. Als der Schmerz noch schlimmer wurde und alles verschwamm, dachte ich, ich will nicht sterben, so will ich nicht sterben, und Bilder von dem Jungen, von Ishikawa und Saeko tauchten plötzlich vor mir auf.

Ich sah mich selbst, wie sich im Gedränge meine Hände bewegten, wie ich nach Brieftaschen und

Portemonnaies griff. Vielleicht wäre das auch im Ausland reizvoll? In London, zum Beispiel, sei die Kultur des Stehlens noch längst nicht ausgestorben, hieß es. Elegantes, kunstvolles Stehlen. Ich könnte dort meine Fähigkeiten ausloten, mich mit den Rivalen messen. Die Welt ist voll von dummen reichen Leuten. Welch ein Vergnügen, ihnen das Geld aus der Tasche zu ziehen … Durch die Lücke zwischen den Gebäuden, fern im Nebeldunst, konnte ich den Turm sehen. Er stand nach wie vor da, reckte sich in die Höhe. Ich könnte das Geld aller Reichen der Welt stehlen und es armen, verwahrlosten Kindern geben. Mir war, als würde ich in den Fingerspitzen wieder das Prickeln und Kribbeln spüren, die Wärme, die mich jedes Mal erfüllte. Ich wollte ein wahrer, vollkommener Taschendieb sein, wie ein Feuerwerk in der Menschenmenge explodieren und so lange weitermachen, bis der letzte Funke erlosch. Genau, dachte ich. Das ist es!

Da schien sich jemand dem Durchgang zu nähern. Ich hörte Stimmen junger Frauen, die über ihre Arbeit und mühsame Kunden lästerten. Bis zur Straße war es ein ziemliches Stück, aber wenn ich einen Gegenstand warf, würde mich vielleicht jemand bemerken.

In meiner Nähe gab es keine Steine, den Mantel hatten sie mir weggenommen, und die Kraft, einen

Schuh auszuziehen, fehlte mir. In meiner Hosentasche fand ich aber, zu meiner Überraschung, eine Münze. Fünfhundert Yen. Wann und wem ich sie gestohlen hatte, wusste ich nicht. Es musste unbewusst geschehen sein. Ich lächelte schwach. Hände, die unbewusst nach Geld suchten, waren ein gutes Zeichen. Sie machten ihrem Besitzer und seinem Gewerbe alle Ehre.

Das blutverschmierte Geldstück würde bestimmt die Aufmerksamkeit in meine Richtung lenken. Dieser Bastard unterschätzt Taschendiebe, dachte ich und lauschte angestrengt, ob sich Schritte näherten. Es wäre eine Schande, hier zu sterben, diesen elenden Tod hatte ich nicht verdient. Mit letzter Kraft klemmte ich die Münze zwischen zwei Finger. In der Ferne stand majestätisch und nebelumhüllt der Turm.

Als sich ein menschliches Wesen zu nähern schien, schleuderte ich die Münze in die Luft. Der Schmerz war fast unerträglich. Die blutrot gefärbte Scheibe schob sich vor die Sonne und leuchtete schwarz am Himmel, als hoffe sie auf ein Wunder.

Jason Starr im Diogenes Verlag

Top Job

Roman. Aus dem Amerikanischen von Bernhard Robben

Bill Moss ist knapp über dreißig, wohnt in New York und hat eigentlich das Zeug zu einem echten Aufsteiger, er hat sich nämlich sowohl im Studium als auch in seinem ersten Job erfolgreich geschlagen. Doch die Lage auf dem Arbeitsmarkt treibt ihre spätkapitalistischen Blüten, Bill sollte froh sein, nach zweijähriger Arbeitslosigkeit endlich einen schlechtbezahlten Job als Telefonverkäufer zu ergattern. Ist er aber nicht, sondern doppelt unter Druck: Sein Abteilungsleiter schikaniert ihn nach allen Regeln der Kunst, und seine Freundin will heiraten. Dass Bill nicht genug verdient, um eine Familie zu gründen, führt zu einer handfesten Beziehungskrise. Die Lage scheint sich zu bessern, als Bill völlig unerwartet zum Abteilungsleiter befördert wird – doch dann kommt alles nur noch schlimmer.

»Der Thriller fühlt den Puls einer Gesellschaft, in der man ohne erfolgreichen Job sich selbst nicht mehr spannend finden kann. Das Beklemmende an *Top Job* ist der gnadenlose Realismus.«
Bettina Koch / Spiegel Online, Hamburg

»Spannend, süffig, schwarz.« *Kurier, Wien*

Ein wirklich netter Typ

Roman. Deutsch von Hans M. Herzog

Tommy Russo ist zweiunddreißig, und sein Traum, ein berühmter Schauspieler zu werden, verblasst zusehends; seine Tage verbringt er mit Wetten bei Pferde- und Hunderennen, nachts arbeitet er als Rausschmeißer in einer Bar in Manhattan. Als sich ihm die Gelegenheit bietet, einer von fünf Besitzern eines jungen Rennpferds zu werden, will Tommy diese Chance unbedingt ergreifen. Auf einmal hat er einen neuen Traum: ein berühmter Rennpferdbesitzer zu werden und auf der Bahn von Hollywood Park die Siege seiner Galopper zu feiern! Da gibt es nur ein kleines Problem... Er braucht zehntausend Dollar, um Mitglied der Besitzergemeinschaft zu werden. Was mit Notlügen und kleinen Diebstählen beginnt, führt bald zum völligen Realitätsverlust.

»Jason Starr ist ein phantasievoller Autor und schreibt so rabenschwarz wie im Hollywood der vierziger Jahre. Als ein gescheiter Krimi noch ein richtiger Lesegenuss war.« *Frankfurter Rundschau*

Hard Feelings

Roman. Deutsch von Bernhard Robben

Eine flüchtige Wiederbegegnung mit einem Jugendfreund wirft den vierunddreißigjährigen Richard Segal völlig aus der Bahn. Zunächst kann er sich nicht erklären, was ihn so verwirrt. Doch ausgelöst durch irgendeine Kleinigkeit plagen ihn Flashbacks, die sich langsam zu einem unheilvollen Bild zusammensetzen.

»Jason Starr versteht es auf fröstelnde Weise, seinen Helden unweigerlich in die Hölle zu führen.«
Stern, Hamburg

Twisted City

Roman. Deutsch von Bernhard Robben

David Miller, Journalist bei einer zweitklassigen Wirtschaftszeitung in New York, hat es schwer. Vor nicht allzu langer Zeit ist seine geliebte Schwester Barbara an Krebs gestorben, und er leidet immer noch sehr unter dem Verlust. Als ihm aber seine Brieftasche ab-

handen kommt und er sich von einem Junkie erpressen lässt, beginnt ein wahrer Alptraum, denn er tut das Dümmste, was man tun kann: Er gibt nach.
Ein spannender Psychothriller und ein fesselnder New-York-Roman.

»Mit unerbittlicher Konsequenz zeigt Jason Starr hier einmal mehr, wie eine bürgerliche Existenz auseinanderbricht. Und weil die Zahl der Toten ebenso steigt wie die Geldforderungen der Erpresser, wird der Roman zu einer atemberaubenden Lektüre.«
Sven Boedecker / SonntagsZeitung, Zürich

»Männer im freien Fall sind Jason Starrs Spezialität.«
Thomas Linden / Kölnische Rundschau

Stalking

Roman. Deutsch von Ulla Kösters

Der Mann, der Katie Porter folgt, wohin auch immer sie geht, ist nicht ihr Freund Andy. Der ist viel zu sehr mit seinem Job beschäftigt – und mit der Frage, ob er nicht auch noch bei anderen Frauen landen könnte. Aber ein anderer hat bereits entschieden, dass Katie die Frau seiner Träume ist, denn er beobachtet sie schon seit einiger Zeit. Er verfolgt sie, Tag für Tag, unermüdlich und unauffällig. Aber vor allem sieht er sie als Heldin seiner Zukunft, die Frau, mit der er seinen Traum von der großen Liebe wahrmachen wird. Jetzt, wo er sie endlich wiedergefunden hat, wird er doch nichts mehr dazwischenkommen lassen...
Die Kombination von rasiermesserscharfen Dialogen, schwarzem Humor und tödlicher Spannung jagt einem einen Schauer nach dem anderen über den Rücken. Nach dem Lesen von *Stalking* schließt man nachts seine Tür gleich dreimal ab.

»Man legt das Buch weg, atemlos, mit schreckweiten Augen. Das spannendste Buch der Saison.«
Verena Lugert / Neon, München

Panik

Roman. Deutsch von Ulla Kösters

»Daddy, da ist jemand im Haus.« Bis zu dem Moment mitten in der Nacht, als der Psychologe Adam Bloom von seiner Tochter Marissa geweckt wird, ist die Welt bei den Blooms noch in Ordnung. Na ja, was ›in Ordnung‹ eben so heißt bei wohlhabenden und egozentrischen New Yorkern. Aber als Adam zu seiner Pistole greift und den unbewaffneten Einbrecher tötet, bricht die Hölle über die Familie herein. Nicht nur, weil die Geschichte des schießwütigen Seelenklempners ein gefundenes Fressen für die Medien ist. Nicht nur, weil die Konflikte zwischen Adam, seiner Frau Dana und der 22-jährigen Marissa unter dem Druck eskalieren. Sondern vor allem, weil in jener Nacht ein zweiter Eindringling im Haus war: Johnny Long, gerissen, skrupellos und höchst verführerisch, will Rache nehmen an den arroganten Bonzen, die seinen Kumpel auf dem Gewissen haben. Und er weiß auch schon wie: Er macht sich an ihre Tochter ran.

»Brillant ist dieser Autor. Mit genüsslich leichtem, aber straff-zielgerichtetem Erzählton, der immer schon ahnen lässt, dass irgendwo eine Handkante lauert, zieht er den Leser in merkwürdig verkorkste Lebensgeschichten.«
Roland Spiegel / Abendzeitung, München

Brooklyn Brothers

Roman. Deutsch von Ulla Kösters

Ganz Brooklyn ist aus dem Häuschen: Baseball-Star Jake Thomas, der hier aufgewachsen ist, hat einen Besuch angekündigt. Nur einer freut sich nicht: sein alter Kumpel Ryan Rossetti. Jake hat alles, wovon er und Ryan geträumt haben, als sie in ihrer Jugend zusammen Baseball spielten: den Ruhm, das Geld, jede Menge Frauen – dabei ist er seit der Highschool mit

der schönen Christina zusammen. Ryan dagegen musste nach einer Verletzung seine Sportkarriere aufgeben und hält sich mit Malerarbeiten über Wasser.
Was Jake aber nicht weiß: Ryan liebt Christina, und Christina liebt ihn. An diesem Wochenende will sie endlich mit Jake Schluss machen. Doch der hat andere Pläne: Die Bekanntgabe seiner Verlobung wäre die perfekte Schlagzeile, um einen drohenden Sex-Skandal abzuwenden.
Wird Ryan diesmal Jake ausstechen? Als die Rivalen auch noch zwischen die Fronten einer Gang-Fehde geraten, brennt so manche Sicherung durch.

»*Brooklyn Brothers* hat den Sound von New York, die Energie der Stadt, ihren Rhythmus.«
Elmore Leonard

»Jason Starr hat sich in die erste Reihe der Krimiautoren geschrieben.«
Andreas Frane / Nürnberger Zeitung

Dumm gelaufen

Roman. Deutsch von Hans M. Herzog

Ein Haifischbecken, das ist das Brooklyn der achtziger Jahre. Harte Zeiten also für kleine Fische. Mickey, der in einem Fischladen jobbt, lässt sich überreden, Sportwetten für einen Kunden abzuschliessen – und verliert jede Wette. Jetzt hat er den Buchmacher auf den Fersen und ein Problem. Als Mickeys Kumpel Chris einen todsicheren Plan hat, um ein bisschen Kohle zu machen, steigt Mickey mit ein. Doch todsichere Pläne können tödlich enden...

»Man kann nicht aufhören zu lesen.«
Newsweek, New York

»Atemlose Prosa ohne ein Gramm Fett, vom ersten bis zum letzten Satz.« *Plärrer, Nürnberg*

Phantasien

Roman. Deutsch von Hans M. Herzog

Bedford Hills ist ein wohlhabender Vorort von New York. Wer hier wohnt, hat einen guten Job in Manhattan, ein paar Kinder, eine Hypothek, einen Geländewagen und eine Mitgliedschaft im Country Club. Hier liegt auch die Savage Lane, eine Straße mit einigen Kurven, viel Grün und sieben schönen Häusern. Hinter den gepflegten Fassaden aber gärt und kocht es. Mark Berman, seit zwanzig Jahren mit Deb verheiratet, träumt von seiner sexy Nachbarin Karen. Deb ist rasend eifersüchtig. Obwohl sie selbst ein schmutziges Geheimnis hat.
Eine bitterböse Komödie der erotischen Verwirrung und Verblendung – mit tödlichem Ausgang.

»Jason Starr ist ein Meister des subtilen Humors, Slapstick ist ihm fremd, und trotzdem lacht man sich kaputt. Er ist einer der ganz großen amerikanischen Autoren. Lesen Sie alles!«
Stefan Maelck / NDR *Kultur, Hannover*

Jakob Arjouni im Diogenes Verlag

Happy birthday, Türke!

Kayankayas erster Fall. Roman

Ein Türke wird in einem Bordell ermordet. Für die Polizei offenbar kein Grund für genaue Ermittlungen. Da engagiert die Witwe den Privatdetektiv Kemal Kayankaya, und der wirbelt Staub auf.

»Kemal Kayankaya, der zerknitterte, ständig verkaterte Held in Arjounis Romanen *Happy birthday, Türke!*, *Mehr Bier*, *Ein Mann, ein Mord* und *Kismet* ist ein würdiger Enkel der übermächtigen Großväter Philip Marlowe und Sam Spade.« *Stern, Hamburg*

»Der beste Kriminalroman, den ein Autor deutscher Zunge je geschrieben hat.«
Christian Seiler/Kurier, Wien

Auch als Diogenes Hörbuch erschienen, gelesen von Rufus Beck

Mehr Bier

Kayankayas zweiter Fall. Roman

Vier Mitglieder der ›Ökologischen Front‹ sind wegen Mordes an dem Vorstandsvorsitzenden der ›Rheinmainfarben-Werke‹ angeklagt. Zwar geben die vier zu, in der fraglichen Nacht einen Sprengstoffanschlag verübt zu haben, sie bestreiten aber jede Verbindung mit dem Mord. Nach Zeugenaussagen waren an dem Anschlag fünf Personen beteiligt. Privatdetektiv Kemal Kayankaya soll den verschwundenen fünften Mann finden.

»Arjouni hat Geschichten von Mord und Totschlag zu erzählen, aber auch von deren Ursachen, der Korruption durch Macht und Geld, und er tut dies knapp, amüsant und mit bösem Witz. Seine auf das Nötigste abgemagerten Sätze fassen viel von dieser schmutzigen Wirklichkeit.« *Neue Zürcher Zeitung*

»Der beste deutsche Nachkriegskrimi kam aus Frankfurt: Jakob Arjounis *Happy birthday, Türke!* und sein Nachfolgeband *Mehr Bier*.«
Tom Appleton / Süddeutsche Zeitung, München

Auch als Diogenes Hörbuch erschienen,
gelesen von Rufus Beck

Ein Mann, ein Mord

Kayankayas dritter Fall. Roman

Ein neuer Fall für Kayankaya. Schauplatz Frankfurt, genauer: der Kiez mit seinen eigenen Gesetzen, die feinen Wohngegenden im Taunus, der Flughafen. Kayankaya sucht ein Mädchen aus Thailand. Sie ist in jenem gesetzlosen Raum verschwunden, in dem Flüchtlinge, die um Asyl nachsuchen, unbemerkt und ohne Spuren zu hinterlassen, leicht verschwinden können. Was Kayankaya dabei über den Weg und in die Quere läuft, von den heimlichen Herren Frankfurts über korrupte Bullen und fremdenfeindliche Beamte auf den Ausländerbehörden bis zu Parteigängern der Republikaner mit ihrer Hetze gegen alles Fremde und Andere, erzählt Arjouni klar, ohne Sentimentalität, witzig, souverän.

»Jakob Arjouni ist es in *Ein Mann, ein Mord* endgültig gelungen, mit seinem Privatdetektiv Kayankaya eine literarische Figur zu erschaffen, die man nie mehr vergisst.« *Maxim Biller / Tempo, Hamburg*

»Wie wenige seiner Generation versteht es Arjouni, in ein paar Sätzen eine Figur entstehen zu lassen, ein Milieu und mitunter eine ganze Stadt.«
Jochen Förster / Die Welt, Berlin

Auch als Diogenes Hörbuch erschienen,
gelesen von Rufus Beck

Kismet

Kayankayas vierter Fall. Roman

Kismet beginnt mit einem Freundschaftsdienst und endet mit einem so blutigen Frankfurter Bandenkrieg, wie ihn keine deutsche Großstadt zuvor erlebt hat. Kayankaya ermittelt – nicht nach einem Mörder, sondern nach der Identität zweier Mordopfer. Und er gerät in den Bann einer geheimnisvollen Frau, die er in einem Videofilm gesehen hat.

»Mit *Kismet* ist Jakob Arjouni wiederum ein Wurf gelungen. Arjouni verfügt über ein exaktes Timing, seine Dialoge versprühen den lakonischen Witz einer Screwball-Comedy, und über allem liegt wie eine leichte Decke die Melancholie.«
Neue Zürcher Zeitung

Bruder Kemal

Kayankayas fünfter Fall. Roman

Der Frankfurter Privatdetektiv Kayankaya ist zurück: älter, entspannter, cooler – und sogar in festen Händen. Ein Mädchen verschwindet, und Kayankaya soll während der Frankfurter Buchmesse einen marokkanischen Schriftsteller beschützen. Zwei scheinbar einfache Fälle, doch zusammen führen sie zu Mord, Vergewaltigung, Entführung. Und Kayankaya kommt in den Verdacht, ein Auftragskiller zu sein.

»Großartig, wie Arjouni den Literaturbetrieb karikiert. Witzig, fulminant erzählt.«
Dagmar Kaindl / News, Wien

Außerdem erschienen:

Die Kayankaya-Romane

in einem Band im Schuber

Happy birthday, Türke / Mehr Bier /
Ein Mann, ein Mord / Kismet /
Bruder Kemal

Banana Yoshimoto im Diogenes Verlag

»Eine Romanautorin als Jugendidol – bei uns unvorstellbar. In Japan jedoch hat Banana Yoshimoto genau das geschafft.« *Petra, Hamburg*

»Was für ein Talent! Banana Yoshimoto schreibt wunderbar subtile, wundersam verstörende Bücher, in denen Japans Jugend endlich eine Stimme bekommt.« *Stern, Hamburg*

»Yoshimoto schildert nicht die äußere, sondern die innere Wirklichkeit ihrer Personen. Die Farbe des Himmels und die Form des Mondes sind sichtbar gemachte Gefühle.« *Der Tagesspiegel, Berlin*

Kitchen
Aus dem Japanischen von Wolfgang E. Schlecht. Mit einem Essay von Giorgio Amitrano

N.P.
Roman. Deutsch von Annelie Ortmanns-Suzuki

Tsugumi
Roman. Deutsch von Annelie Ortmanns

Dornröschenschlaf
Drei Erzählungen von der Nacht. Deutsch von Annelie Ortmanns, Gisela Ogasa und Anita Brockmann

Amrita
Roman. Deutsch von Annelie Ortmanns

Sly
Roman. Deutsch von Anita Brockmann

Federkleid
Roman. Deutsch von Thomas Eggenberg

Mein Körper weiß alles
Dreizehn Geschichten. Deutsch von Annelie Ortmanns und Thomas Eggenberg

Ihre Nacht
Roman. Deutsch von Thomas Eggenberg

Der See
Roman. Deutsch von Thomas Eggenberg

Moshi Moshi
Roman. Deutsch von Matthias Pfeifer

Dennis Lehane
im Diogenes Verlag

Dennis Lehane, irischer Abstammung, geboren 1965 in Dorchester, Massachusetts, arbeitete als therapeutischer Berater für geistig behinderte und sexuell missbrauchte Kinder, als Kellner, Limousinenchauffeur, Parkplatzwächter, in Buchläden und als Erntehelfer, bevor er Creative Writing an der Florida International University studierte. Er lebt mit seiner Frau und seinen beiden Kindern in Los Angeles und Boston.

»Dennis Lehane schreibt auf eine Weise, die es dem Leser schwermacht, seine Bücher wieder beiseitezulegen, wenn man erst einmal angefangen hat zu lesen.«
Süddeutsche Zeitung, München

»Dennis Lehane ist ein Meister des Thrillers.«
NZZ *am Sonntag, Zürich*

In der Nacht
Roman. Aus dem Amerikanischen
von Sky Nonhoff

Mystic River
Roman. Deutsch von
Sky Nonhoff
Auch als Diogenes Hörbuch erschienen,
gelesen von Stefan Kaminski

The Drop · Bargeld
Roman. Deutsch von
Steffen Jacobs

Am Ende einer Welt
Roman. Deutsch von
Steffen Jacobs

Shutter Island
Roman. Deutsch von
Steffen Jacobs